Dedicated to my teachers

'I touch the future. I teach.'

****

"Tocco il futuro. Insegno.'

Crista McAuliffe

SHAKESPEARE BEGINS

CINTHIO'S
Desdemona

The story that inspired Othello

BY

GIOVANNI BATTISTA GIRALDI

Translation, notes and commentary by

Michael Curtotti (ed.)

(ENGLISH-ITALIAN PARALLEL EDITION)

ALDILA PRESS

COMINCIA SHAKESPEARE

CINZIO
Desdemona

Il racconto che ispirò Otello

DA

GIOVANNI BATTISTA GIRALDI

Traduzione, note e commenti a cura di

Michelangelo Curtotti

(EDIZIONE BILINGUE INGLESE-ITALIANO)

ALDILA PRESS

Proof reading of Italian Introduction, Afterword and annotations: Azzurra Cirrincione
Layout and editorial: Michael Curtotti
Cover design: Michael Curtotti

Other Aldila Press publications:

- Matteo Bandello, *Romeo and Juliet, A New English Translation by Michael Curtotti, 2024,* 2023 *(Shakespeare Begins* Series*)*
- Luigi Capuana, *The Dragon, the Witch and the Daughters translated by Michael Curtotti*, Aldila Press 2023, 2022
- Michael Curtotti, *Ten Lives Declaring Human Rights: From Bartolome de Las Casas to Martin Luther King Jr.*, 2023, 2020
- Luke Whitington, *Italy Unveiled: A Journey in Poetry*, 2025

Forthcoming in the *Shakespeare Begins* Series:

- Michael Curtotti (ed.), *Matteo Bandello's Timbreo and Fenicia: An Italian Source Story for Much Ado About Nothing*
- Michael Curtotti (ed.), *Cinthio's Epitia: An Italian Source Story for Measure for Measure*
- Michael Curtotti (ed.), *Matteo Bandello's Lattanzio and Nicola: An Italian Source Story for Twelfth Night*

Table of Contents

Indice

Introduction

It is curious to find the soul of Italy in the heart of England, but so it is. For Shakespeare put it there. The most desperate loves, the vilest deceptions, the most delightful cross-dressing dalliances, and the bitterest revenge – Shakespeare found them in Italian novellas and put them on the London stage. *Othello* is no exception. While the play is world famous, few have read the source story that inspired it. Shakespeare knew a good story when he saw one. We are missing out on a gem.

Most of the plot of Shakespeare's play in fact comes from the novella published by writer and playwright Giovanni Battista Giraldi (1504-1573), who is better known by his nickname as *Cinthio*.

Othello is one of Shakespeare's grimmest plays. Cinthio's source story is even grimmer, and this new translation presents it to a twenty-first century audience, for whom its themes still resonate.

Like the play, Cinthio's novella is soaked in malevolence, manipulation and violence. It ends with the death of an innocent woman. In the story Cinthio tells however, Desdemona is the central character. She is married to a Venetian general, a 'moor.' This is of course Shakespeare's Othello, who is manipulated by one of his officers, an ensign (Shakespeare's Iago). Iago lusts after Desdemona, and finding her disinterested, forms the bitterest hatred of her. He wants *her* dead and decides to manipulate her husband into believing she has betrayed him by sleeping with one of his friends. By this means, Iago plots to kill her.

Introduzione

È strano pensare di trovare l'anima dell'Italia nel cuore dell'Inghilterra, ma ciò avviene grazie a Shakespeare. Gli amori più disperati, gli inganni più vili, i più dilettevoli amoreggiamenti travestiti, e le vendette più spietate – Shakespeare li ha trovati nelle novelle italiane e li ha portati sul palcoscenico di Londra. *Otello* non è un'eccezione. Sebbene il dramma sia famoso in tutto il mondo, pochi hanno letto il racconto che lo ispirò. Shakespeare riconosceva una buona storia quando la leggeva. Ci siamo persi una perla.

Quasi l'intera trama del dramma di Shakespeare viene infatti da una novella pubblicata dallo scrittore e drammaturgo Giovanni Battista Giraldi (1504-1573), che è meglio conosciuto con il soprannome di *Cinzio*.

Otello è uno dei più cupi drammi di Shakespeare. La fonte di Cinzio usata da Shakespeare è anche più cupa, e questa nuova traduzione inglese della novella di Cinzio presenta la storia per un pubblico del ventunesimo secolo, per cui i suoi temi ancora valgono.

Come il dramma, la novella di Cinzio è intrisa di malevolenza, manipolazione e violenza: finisce con la morte di una donna innocente. Cinzio però narra una storia in cui Desdemona è il personaggio centrale. La donna è sposata con un generale veneziano, un 'moro'. Quest'ultimo è ovviamente Otello, che è manipolato da uno dei suoi ufficiali, un alfiere (lo Iago di Shakespeare). Iago desidera Desdemona, e trovandola non interessata, sviluppa un aspro odio per lei. Vuole la morte di *lei,* e decide di manipolare suo marito per fargli credere che lei lo abbia tradito con uno dei suoi amici. Con questo stratagemma, Iago pianifica la morte di Desdemona.

In outline, the story that unfolds is well-known. Even though this is the case, the changes made by Shakespeare to the plot are as interesting as the elements that the versions share in common, as we shall see. Cinthio's orientation to Desdemona makes the story more centrally about gender, domestic violence and the oppression of women. Although racial elements are also present in Cinthio's version, Shakespeare brings these elements to the centre of the play, for in the play Iago hates Othello, rather than Desdemona.

Many years separate the two versions. Shakespeare's play did not appear in print in England until 1622, when Thomas Walkley first published it in quarto. It then appeared in the *First Folio* collection of Shakespeare plays in 1623. The quarto edition notes in its preamble that the play had been performed 'diverse times' and acted at the Globe and at Blackfriars.

In 1610, it had been performed by the King's Men in Oxford as reported by one observer.[1] Its earliest known performance was on the 1st of November 1604 at Whitehall by the 'King's Majesty's Players,' with the play attributed to 'Shaxberd.' Queen Elizabeth had died the year before.

This was thirty-nine years after Cinthio's story appeared in print in 1565, in his *Gli Hecatommithi*. In 1583, Cinthio's story was translated into French by Gabriel Chappuys. Scholars have found both evidence for a direct reading by Shakespeare of Cinthio's original Italian and of the French text.

---

[1] Neill, Michael. "Unproper Beds: Race, Adultery, and the Hideous in Othello." *Shakespeare Quarterly* 40, no. 4 (1989): 383-412. https://doi.org/10.2307/2870608.

Da qui, il racconto che si svolge è ben noto. Benché questo sia il caso, i cambiamenti dati alla trama da Shakespeare sono interessanti quanto gli elementi che le due versioni hanno in comune, come vedremo. L'orientamento di Cinzio verso Desdemona crea un racconto più incentrato sul tema del genere, della violenza domestica e dell'oppressione della donna. Anche se elementi razziali sono presenti nella versione di Cinzio, Shakespeare porta questi elementi al centro del suo dramma, poiché Iago odia principalmente Otello nel dramma, piuttosto che Desdemona.

Tanti anni separano le due versioni. Il dramma di Shakespeare non viene stampato in Inghilterra prima del 1622, quando Thomas Walkley lo pubblica per la prima volta in quarto.[2] Poi appare nel *First Folio,* la collezione dei drammi di Shakespeare nel 1623. L'edizione *quarto* accenna nella sua prefazione che il dramma era stato rappresentato diverse volte al Globe e a Blackfriars.

Nel 1610 fu rappresenta dai King's Men a Oxford come detto da un osservatore.[3] La prima rappresentazione conosciuta si ebbe il primo novembre 1604 a Whitehall messa in scena dai 'King's Majesty's Players', e il dramma era attribuito a 'Shaxberd'. La regina Elisabetta era morta l'anno prima.

Questo avvenne trentanove anni dopo che la novella di Cinzio era apparsa in stampa nel 1565, nel suo *Gli Hecatommithi.* Nel 1583, il suo racconto fu tradotto in francese da Gabriel Chappuys. Gli studiosi hanno trovato prove di una lettura diretta da parte di Shakespeare della versione italiana di Cinzio e del testo francese.

---

2 'Quarto' si riferisce alla dimensione del foglio usato nella pubblicazione.

3 Neill, Michael. "Unproper Beds: Race, Adultery, and the Hideous in Othello." Shakespeare Quarterly 40, no. 4 (1989): 383-412. https://doi.org/10.2307/2870608.

Maurianne Adams however notes that Chappuys' French translation is so faithful to the Italian that '*it provides no clear evidence as to whether Shakespeare had the tale from Italian or the French.*' She however discusses instances where there are differences between the French and the Italian at the level of individual words and notes that scholars have shown that words used by Shakespeare are drawn from Cinthio's original Italian, rather than the French. She concludes accordingly that '*transliterated words tip the balance in favor of the Italian.*'[4]

It is known that Cinthio's *Gli Hecatommithi* was circulating in Elizabethan England. It was highly regarded there, and although not translated in full, a portion of it was. Cinthio's *Dialogue on Civil Life,* which appears in *Gli Hecatommithi* was translated into English from the 1560s, with a surviving translation by Lodowick Briskett from 1606.[5]

The foregoing is enough for us to conclude that Shakespeare had access to and may have used Cinthio's tale in Italian, and that he may have drawn also on an English manuscript translation (now lost) in preparing his play. An interesting implication of this is that it may provide evidence that the playwright had some ability with Italian and perhaps French.[6]

---

[4] Adams, Maurianne S. "'Ocular Proof' in Othello and Its Source." *PMLA* 79, no. 3 (1964): 234-41. https://doi.org/10.2307/461024. See however discussion in the Afterword, in regard of the absence of a known English translation of Cinthio's novella.

[5] Fenoglio, Chiara. "GIRALDI CINZIO PEDAGOGO: LA FORTUNA INGLESE DEI DIALOGHI DELLA VITA CIVILE." Lettere Italiane 66, no. 1 (2014): 135-53. http://www.jstor.org/stable/26240797.

[6] See the Afterword for a further discussion of Lodowick Briskett (Ludovico Bruschetta) and his translation of Cinthio's work, who may have provided an English language source text of Cinthio's tale for Shakespeare.

Maurianne Adams comunque, accenna che la traduzione francese di Chappuys fosse così fedele al testo italiano che '*non abbiamo prove chiare se Shakespeare abbia attinto dal racconto italiano o dal francese.*' Tuttavia Adams tratta i casi in cui ci sono differenze tra il francese e l'italiano, al livello di singole parole, e fa notare che gli studiosi hanno dimostrato che le parole usate da Shakespeare sono tratte dall'italiano di Cinzio, e non dal francese. Quindi conclude che '*le parole traslitterate portano il bilancio a favore dell'italiano.*'[7]

Sappiamo che *Gli Hecatommithi* di Cinzio erano in circolazione in Inghilterra. Furono molto apprezzati nell'Inghilterra elisabettiana, e anche se non tradotti integralmente, lo erano almeno in parte. I *Dialoghi Della Vita Civile* di Cinzio che appaiano ne *Gli Hecatommithi* furono tradotti in inglese negli anni sessanta del cinquecento, con una traduzione nel 1606 di Lodowick Briskett che sopravvive ancora oggi.[8]

Quanto detto prima è sufficiente per concludere che il racconto di Cinzio era disponibile a Shakespeare, che egli l'ha usato, e che forse avrà anche tratto da un manoscritto in traduzione inglese (ora perduto), per creare il suo dramma. Un'implicazione interessante di questo è che il drammaturgo avesse almeno qualche familiarità con l'italiano e forse il francese.[9]

---

7 Adams, Maurianne S. "'Ocular Proof' in Othello and Its Source." *PMLA* 79, no. 3 (1964): 234-41. https://doi.org/10.2307/461024. Si veda tuttavia la discussione nella Postfazione, sull'assenza di una conosciuta traduzione inglese.

8 Fenoglio, Chiara. "GIRALDI CINZIO PEDAGOGO: LA FORTUNA INGLESE DEI DIALOGHI DELLA VITA CIVILE." Lettere Italiane 66, no. 1 (2014): 135-53. http://www.jstor.org/stable/26240797.

9 Si veda la Postfazione per un approfondimento su Lodowick Briskett (Ludovico Bruschetta) e la sua traduzione delle opere di Cinzio, che potrebbero aver fornito una fonte in lingua inglese a Shakespeare del racconto di Cinzio.

Outside the plays themselves, there is no evidence pointing to Shakespeare having an education in Italian, although various solutions are advanced. One solution involves the presence of John Florio in London. He was an influential Italian or Anglo-Italian of the Elizabethan era, who published the first substantial Italian-English dictionaries as well as other works. He and Shakespeare shared the same social circles, and even the same patrons.

While Cinthio's text stands out as the primary source Shakespeare drew on, nonetheless, as explored in the Afterword, Shakespeare also drew on other sources which influenced particular elements of the play.

Any source that Cinthio may have drawn on in writing his novella, is unknown, although it was standard practice in both his and Shakespeare's times for stories not to be invented from scratch, but to be adapted and modified from earlier tales. Scholars have noted there is no known example in the well documented history of the Venetian Republic of real events that might have inspired the story as we know it.[10]

When Cinthio wrote, Venice was still a great and independent republic, whose borders lay close to Cinthio's own home city and country of Ferrara.

---

[10] Krappe, Alexander Haggerty. "A Byzantine Source of Shakespeare's Othello." Modern Language Notes 39, no. 3 (1924): 156-61. https://doi.org/10.2307/2915152.

Fuori dai drammi stessi, non ci sono alcune prove che Shakespeare fosse istruito in italiano, anche se varie soluzioni sono state proposte. Una di queste è collegata alla presenza a Londra di John Florio, un influente scrittore italiano o anglo-italiano dell'epoca elisabettiana, il quale pubblicò i primi sostanziali dizionari italiano-inglese insieme ad altre opere. Lui e Shakespeare appartenevano alle stesse cerchie sociali, e avevano anche gli stessi mecenati.

Anche se il testo di Cinzio si distingue come la fonte principale di Shakespeare, nondimeno, come è discuso nella Postfazione, Shakespeare si è ispirato anche ad altre fonti, che hanno contribuito a vari elementi del dramma.

Le fonti da cui Cinzio avrà tratto nello scrivere la sua novella, sono sconosciute, anche se era di moda nella sua epoca e quella di Shakespeare, non di inventare storie nuove, ma prendere da racconti già scritti e adattarli o modificarli. Gli studiosi hanno constatato che non esiste un fatto di cronica vera nella storia ben documentata della Repubblica di Venezia che avrebbe potuto ispirare il racconto che conosciamo.[11]

Quando Cinzio scrisse, Venezia era ancora una potente e indipendente Repubblica, le cui frontiere si trovavano vicino alla città e stato natale di Cinzio: Ferrara.

---

[11] Krappe, Alexander Haggerty. "A Byzantine Source of Shakespeare's Othello." Modern Language Notes 39, no. 3 (1924): 156-61. https://doi.org/10.2307/2915152.

Gli Hecatommithi is a collection of 112 stories, and its title (in Greek) evokes the *Decameron* of Boccaccio and means 'a hundred tales.' The stories Cinthio narrates, like the *Decameron,* have a frame story.[12]

The frame story begins with a historical event of Cinthio's own lifetime. In 1527, a rogue army of the Holy Roman Emperor Charles V sacked the city of Rome. A group of men and women, refugees from the city, fled to the port city of Civitavecchia, where they set sail for Marseilles to find refuge. To pass the time, they tell each other stories. The 1527 sacking of Rome was profoundly felt by writers of the era such as Cinthio and Bandello.

Cinthio's stories are told in cycles of ten, all on the theme of love (and the dysfunctions of love). Cinthio's *Othello* appears in a cycle on unfaithfulness in marriage.

Cinthio's *Othello,* which is presented here, is not long; consisting of a little more than 5000 words in the original Italian. This makes it considerably shorter than Shakespeare's play, which runs to almost 28,000 words. The difference in length is largely a function of format. Shakespeare expanded the story to meet expectations of the audience for a play which might last a couple of hours.

---

[12] The frame story genre is also found in Chaucer's *The Canterbury Tales* and the Arabic *Thousand and One Nights,* but is ancient; being found in Ancient Egyptian and Sanskrit literature as well as in Homer's *Odyssey*. We might also note that like Cinthio's attention to the dysfunctions of love, the frame story in the *Thousand and One Nights,* also begins with marital infidelity and the murder of women in a frenzy of misogyny against their 'cunning.' Yet it is the storytelling of the book learned and wise Scheherazade, who undertakes to save more women from death, that is the healing medicine for the king's madness. See further discussion in the Afterword.

Gli Hecatommithi è una collezione di centododici racconti, e il suo titolo (in greco) evoca il *Decamerone* di Boccaccio. Significa 'cento novelle'. Cinzio narra queste novelle, come Boccaccio nel *Decamerone,* nel contesto di una cornice narrativa.[13]

Questa cornice inizia con un evento storico dell'epoca di Cinzio stesso. Nel 1527, un esercito ribelle del Sacro Imperatore Romano Carlo V, saccheggiò Roma. Un gruppo di uomini e donne, profughi della città, fuggono al porto di Civitavecchia, dove prendono una nave per Marsiglia, per trovare rifugio. Per passare il tempo, cominciano a raccontarsi novelle l'un l'altro. Il sacco di Roma, fu sentito profondamente dagli scrittori dell'epoca, come Cinzio e Bandello.

Le novelle di Cinzio sono raccontate in cicli di dieci racconti, tutti sui temi dell'amore (e le disfunzioni d'amore). L'*Otello* di Cinzio compare in un ciclo sull'infedeltà nel matrimonio.

Il racconto che è presentato qui non è lungo; è composto da poco più di 5000 parole in italiano. Questo lo rende notevolmente più breve del dramma di Shakespeare, che arriva quasi a 28,000 parole. La differenza nella lunghezza è per lo più una funzione del formato. Shakespeare ampliò il racconto per i bisogni del pubblico di un dramma che doveva durare più o meno due ore.

---

[13] Il genere della cornice narrativa si trova nei *Cantebury Tales* di Chaucer e nelle *Mille e una notte*, ed ha radici antiche, essendo stato trovato anche nella letteratura dell'Antico Egitto, in quella sanscrita, e anche nell'*Odissea* di Omero. Possiamo notare che l'attenzione che Cinzio dà all'amore disfunzionale, si trova anche nella cornice narrativa delle *Mille e una notte.* Inizia con l'infedeltà di una moglie e l'omicidio di molte donne, in una misoginia sfrenata contro la 'furbizia' di queste ultime. Eppure sono i racconti della studiosa e saggia Scheherazade, che salva altre donne dalla morte, e che cura la follia del re. Si veda in più la Postfazione.

As in other plays, Shakespeare adds new details and sub-plots with that poetic mastery of language and complex portrayal of character that has made the story immortal. However, the core plot of the story is largely as in the original.

In Cinthio's novella, only one character is named: *Desdemona*. In Greek, her name means ill-fated. Indeed, in the frame narrative epilogue after the story has ended, the listeners comment that her father ought not have given her such an ill-omened name. No other names are used in the story.

Her husband (Othello) is only identified as 'the Moor.' However, this is not an exception, other characters are only identified by their roles or offices. Shakespeare's Iago is simply 'the ensign.' He is of course a 'false flag.' Shakespeare's Cassio is 'captain' or 'captain of the squadron,' and so forth.

In this naming choice, Cinthio focusses the story not on Othello, but on Desdemona, suggesting we are meant to see the story from her point of view. It is not only her husband who betrays her, but every other character in the story, whose acts and omissions lead to her death. The name Othello, it should be noted, is Shakespeare's invention, and its potential origin is discussed in the Afterword.

Cinthio did not just give us the plot-lines for *Othello*. Shakespeare also took the primary plot for his play, *Measure for Measure,* from Cinthio. In that case, via an English dramatization by George Whetstone (*The Historye of Promos and Cassandra* 1578).

Come in altri dei suoi drammi, Shakespeare aggiunge nuovi dettagli e sotto-trame con quella maestranza della lingua poetica e rappresentazione complessa del carattere che hanno reso il racconto immortale. Nondimeno la trama centrale del opera è, in gran parte, come nell'originale di Cinzio.

Nella sua novella, solo un personaggio ha nome: *Desdemona.* In greco, il suo nome significa sfortunata. Infatti, nell'epilogo del racconto, gli ascoltatori nella cornice narrativa commentano che suo padre non avrebbe dovuto dare a sua figlia un nome di così malaugurio. Nessun altro nome è usato nel racconto.

Suo marito (Otello) è identificato solo con le parole 'il moro'. Questo però non fa eccezione: altri personaggi sono identificati solo dal ruolo che hanno o dai loro uffici. Lo Iago di Shakespeare è semplicemente 'l'alfiere'. Di certo lui è una 'false flag'.[14] Cassio di Shakespeare è 'capitano' o 'capitano della squadra', e così via. Dalle sue scelte nei nomi, Cinzio concentra il racconto non su Otello, ma su Desdemona, il che ci suggerisce di vedere la storia dal suo punto di vista. Non è solo suo marito che la tradisce, ma ogni altro personaggio nel racconto, i cui atti e omissioni portano alla sua morte. Il nome *Otello,* è da notare, è invenzione di Shakespeare. L'origine potenziale del nome è discussa nella Postfazione.

Cinzio non ci ha solo dato la trama dell'*Otello*. Shakespeare trae anche la trama primaria del suo dramma, *Misura per Misura* da Cinzio. In quel caso, tramite una drammatizzazione di George Whetstone. (*The Historye of Promos and Cassandra* 1578).

---

[14] In inglese questo termine fa riferimento ad un'operazione militare che è condotta sotto una bandiera (quindi anche un'affiliazione) falsa.

Both stories, as told by Cinthio, are mainly about gender relations, and gender oppression. Both stories show us the struggles of a powerless heroine in the face of male abuse: murderous domestic violence in one story, and abusive sexual exploitation and rape in the other. Othello is of course also about themes of jealousy, manipulation, and prejudice. These issues are discussed in the Afterword.

As well as the novella of *Measure for Measure*, Cinthio, who was also a playwright, wrote *Epitia,* his own adaptation of his story for the stage, naming it after the heroine of his story.

Apart from his prose writings, Cinthio was an important contributor in the development of the stage at both a theoretical and practical level.

Unlike others of his time who mainly brought ancient Roman and Greek plays to the stage, Cinthio was the first playwright of his era to break with this tradition. Instead, he invented his own stories. His play *Orbecche* is an example in which he incorporates the full range of violence and abuses that appear in individual Senecan plays. Cinthio's *Discourse on the composition of tragedies and comedies* was an influential theoretical framework for drama. It was in part a defence of his own *Orbecche,* and was influential not only in Italy but across Europe. As noted by one writer, the theoretical framing and practical examples from Italy appeared later in English drama:

> "*Much of what we call Renaissance Senecanism is really Italian Senecanism:* ***Titus Andronicus is more like a play of [Cinthio's] or Dolce's than a play of Seneca.***"[15]

---

[15] Braden, Gordon. "Renaissance tragedy and the Senecan tradition: anger's privilege." (Yale University Press, 1985), p118.

Entrambe le storie, come narrate da Cinzio, sono per lo più concentrate sulla relazione di genere e oppressione di genere. Entrambe le storie ci svelano le lotte di eroine senza potere che confrontano abusi maschili: violenza domestica micidiale in un caso, sfruttamento sessuale e stupro, nell'altro. *Otello*, di certo, tratta anche del tema della gelosia, della manipolazione, e del pregiudizio. Questi temi sono discussi nella Postfazione.

Oltre alla novella *Misura per Misura,* Cinzio, che era anche un drammaturgo, scrisse *Epitia,* suo stesso adattamento della novella per il palcoscenico, che prende il nome dall'eroina della storia. A parte i suoi scritti in prosa, Cinzio era un importante collaboratore nello sviluppo del teatro, sia a livello teorico che a livello pratico.

A differenza di altri della sua epoca, che per lo più portavano drammi antichi romani e greci sul palco, Cinzio fu il primo drammaturgo che si allontanò dalla tradizione. Anzi, ha inventato i suoi stessi racconti. Il suo dramma *Orbecche* è un esempio in cui incorpora, in un solo dramma, l'intera gamma della violenza e degli abusi che si trovano nei drammi di Seneca. Il *Discorso ovvero lettera intorno al comporre delle commedie e delle tragedie,* fu un'influente struttura teorica per il dramma. Quest'opera, che era anche una difesa del suo stesso *Orbecche,* fu influente non solo in Italia ma anche in Europa. Come notato da uno scrittore, il quadro teorico e gli esempi pratici dall'Italia appaiono nei drammi seguenti in Inghilterra:

> "*Una gran parte di quello che chiamiamo senecanismo rinascimentale è in verità senecanismo italiano.* ***Tito Andronico è più un dramma di [Cinzio] o di Dolce che di Seneca.***"[16]

---

[16] Braden, Gordon. "Renaissance tragedy and the Senecan tradition: anger's privilege." (Yale University Press, 1985), p118.

This is not my first translation of an Italian Renaissance novella. The first, released in 2023 was: Matteo Bandello, *Romeo and Juliet A New English Translation by Michael Curtotti*. Despite its tragic ending, it is a far less troubling story than *Othello*. Indeed, I approached translating *Othello* with some trepidation. Its grim themes of domestic violence and murder are, well, disturbing. Perhaps, I thought, this story should be left to fade with the passage of time. Despite those reservations, I started working on it and those initial qualms dissipated. As I worked through the flow of the story, I became increasingly surprised at how *modern*, in some ways, Cinthio's storytelling is.

Violence against women is of course a continuing global disgrace, and statistics and regular news reports of the deaths of (in most cases) women and children murdered by their partners and fathers are all too common. We have an International Day for the Elimination of Violence Against Women (25 November), and it is greatly needed.

The intersection of race and gender and prejudice that are explored in Cinthio's story are also themes that remain pressingly modern. He does not shrink from these realities. He presents them to his audience in all their ugliness.[17]

---

[17] Cinthio's agenda in telling stories such as *Othello* and *Measure for Measure* is explored in the Afterword.

Questa non è la mia prima traduzione di una novella rinascimentale italiana. La prima, pubblicata nel 2023, è stata: Matteo Bandello, *Romeo and Juliet A New English Translation by Michael Curtotti.* Nonostante la sua tragica risoluzione, si tratta di un racconto molto meno preoccupante di *Otello.* Infatti, ho cominciato a tradurre *Otello* con non poca trepidazione. I sui temi tetri di violenza domestica e omicidio sono, a dir poco, disturbanti. Ho pensato che forse, sarebbe stato meglio lasciare questa storia svanire col passare del tempo. Malgrado questi dubbi, ho cominciato a lavorare sulla traduzione e queste preoccupazioni iniziali si sono dissipate. Mentre lavoravo sugli episodi della storia, sono rimasto sempre più sorpreso di quanto *moderna,* in certi sensi, è la narrazione di Cinzio.

La violenza sulle donne è certamente una vergogna mondiale. Le notizie di omicidi di (in molti casi) donne e bambini uccisi dai propri partner o padri sono ancora troppo frequenti. La Giornata Internazionale per l'Eliminazione della Violenza Contro le Donne (il 25 novembre) è ancora molto necessaria.

L'intersezione tra razza, genere e pregiudizio che sono affrontati nel racconto di Cinzio sono temi che rimangono marcatamente moderni. L'opera non si allontana da queste realtà. Le presenta al suo pubblico nella pienezza della loro bruttezza.[18]

---

[18] Le intenzioni di Cinzio nel raccontare storie come *Otello* e *Misura per misura,* sono esplorate nella Postfazione.

However, the initial catalyst which started my journey of translating Italian novellas arose in 2022 as the result of a trip to Italy, during which, for the first time, my wife and I were to visit Verona. It seemed like a great idea to re-watch *Shakespeare in Love* on the flight over, in preparation for exploring the city, but it was a disappointing experience. Even though the movie is great art in its own right, the movie's central premise necessarily renders the Italian literature that inspired Shakespeare, invisible. I felt Bandello's story deserves to be better known.

Matteo Bandello's *Romeo and Juliet* was the principal historical source (through a French and English translation) of the Shakespeare play. I explore this further in my translation of his story.

Suffice to say, soon enough it became clear to me that stopping at *Romeo and Juliet* would not do. For it was not the only Italian novella whose plots grace the Elizabethan stage.

So the journey began of tackling story after story. As I intimately explored the genre, it occurred to me what a favor Shakespeare has done me. He has introduced me to some of the best stories found in Italian literature. Those stories were influential in Shakespeare's time, and they remain so, even if Shakespeare's versions have put their Italian predecessors in the shade.

Moreover, as we see with Cinthio, the ideas and themes they introduce can be important. They are part of a conversation stretching over centuries that has tended towards gender and human equality. As Martin Luther King Jr. put it: "*the arc of the moral universe is long but it bends toward justice.*" Strangely, although celebrated in their own time, these novellas have fallen between the cracks of history. There is a need to remember them. They are wonderful stories in their own right, still relevant to our current concerns.

In ogni caso, l'idea iniziale che mi ha fatto cominciare questo impegno di tradurre novelle italiane, mi è venuta nel 2022 grazie a un viaggio in Italia. Per la prima volta, io e mia moglie andavamo a Verona. Sembrava un'ottima idea rivedere il film *Shakespeare in Love* sul volo, in preparazione per esplorare la città. Ma è stata un'esperienza deludente. Anche se il film è una grande opera artistica di per sé, la premessa centrale del film, necessariamente, rende la letteratura italiana che ha ispirato Shakespeare, invisibile. Ho sentito che la novella di Bandello meritava di essere conosciuta meglio.

Il *Romeo e Giulietta* di Matteo Bandello fu la principale fonte (attraverso una traduzione francese e poi inglese) del dramma di Shakespeare. Si discute di questo ulteriormente nella mia traduzione della sua novella.

Basti dire che, fermarmi col tradurre *Romeo e Giulietta,* non sarebbe stato sufficiente, perché non è l'unica novella italiana la cui trama arricchisce il palcoscenico elisabettiano.

Così ho cominciato il percorso di tradurre racconto dopo racconto, e tramite un'intima esplorazione di queste opere, mi sono accorto di quale favore Shakespeare mi avesse reso, introducendomi ad alcuni dei migliori racconti che si trovano nella letteratura italiana. Furono influenti nell'epoca di Shakespeare, e rimangono tali, anche se le versioni di Shakespeare hanno messo i loro predecessori nell'ombra. Inoltre, le opere di Cinzio possono rendere un importante contributo a una conversazione che continua da secoli e che tende verso l'uguaglianza tra i generi e gli umani. Come ha detto Martin Luther King Jr.: "*l'arco dell'universo morale è lungo ma tende verso la giustizia*". Curiosamente, anche se celebrate nella loro epoca, queste novelle sono sparite negli anfratti della storia. Ma bisogna ricordarle, perché sono racconti splendidi di per sé, e rimangono rilevanti alle situazioni di oggi.

One of the delights of exploring Cinthio’s version, is the insight it provides into Shakespeare’s creative process. Although ‘Iago's’ malevolence is on full display in Cinthio, Shakespeare heightens his scheming. In Cinthio, the story begins with the initial love and marital bliss of Othello and Desdemona. In Shakespeare, the story begins with Iago’s scheming and hatred of Othello. It is Iago's jealousy of Cassio, which drives the Shakespeare version of the story. In effect, Shakespeare divides Cinthio's ‘Iago’ into two characters: Iago and Roderigo (the latter who lusts after Desdemona).

In Cinthio, Iago’s twisted lust for Desdemona, transmuted into hate for her, is his primary motive. If he cannot have her, then neither will any other and he will destroy all she loves. Control over Desdemona is thus a driving urge in both the Iago and the Othello Cinthio gives us. Both enact 'domestic violence.'

As has already been noted, racist elements of the plot are more prominent in Shakespeare’s text. They are central to the story, right from the very beginning. Iago freely uses racist dialogue against his superior and general, Othello. Before we meet Othello, Iago has already assassinated his character.

Little more than a single line in Cinthio, about the opposition of Desdemona’s family to her marriage to Othello, provides the kernel of much of the three opening scenes of the Shakespeare play.

Uno dei piaceri dell'esplorare la versione di Cinzio, è avere la possibilità di vedere il modo in cui Shakespeare creava le sue opere. Nonostante la malevolenza del personaggio di 'Iago' si veda chiaramente nella versione di Cinzio, Shakespeare rende i sui intrighi ancora più centrali nel racconto. Mentre in Cinzio il racconto comincia con un dipinto della felicità coniugale di Otello e Desdemona, e il loro amore l'uno per l'altro, Shakespeare comincia con i complotti di Iago; il suo odio per Otello e la sua gelosia verso Cassio, che forniscono la forza motrice del dramma. Effettivamente, Shakespeare divide l'idea di Iago di Cinzio in due personaggi: Iago e Roderigo (ed è quest'ultimo a desiderare Desdemona).

Comunque, in Cinzio, è solo la lussuria perversa di Iago nei confronti di Desdemona (che in seguito si trasforma in odio *per lei)* che fornisce il motivo primario per voler distruggere sia lei che Otello. Se lui non la può avere, nessun altro può averla. Le caratteristiche essenziali della violenza domestica e del controllo sulle donne sono il motivo principale sia per Iago che per Otello in Cinzio.

Come già notato, gli elementi razzisti nella trama sono più cospicui nell'adattamento di Shakespeare, centrali nel dramma fin dall'inizio, e sono particolarmente rappresentati da Iago che adotta liberamente un linguaggio razzista nei confronti del suo superiore e generale, Otello.

Poco più di una sola riga di Cinzio sull'opposizione della famiglia di Desdemona al suo sposalizio con Otello, fornisce il nocciolo da cui Shakespeare crea le prime tre scene del dramma.

Such changes speak to the intent of the two authors in the way they frame the story. They point too, to the different historical and cultural contexts in which they wrote: Cinthio writing in Venice/Ferrara, and Shakespeare in the Atlantic facing Elizabethan England of two generations later. Cinthio wrote in an era in which the Muslim Ottoman Empire was rising to its apogee. Shakespeare's *Othello* appeared after the Battle of Lepanto (in which a coalition of Catholic states defeated Ottoman naval power).

In Shakespeare's time, England's involvement in the transatlantic slave trade was beginning. Italy however, (particularly the Republics of Venice and Genoa) had traded in slaves in the Mediterranean for centuries.

There is a long debate on whether and how the play might be racist. It undeniably portrays racist characters who voice racist sentiments. It also reflects racist attitudes of at least some present in the cultural world of the play. Moreover, the play has provided comfort to racist thinking. Yet it can also be studied and presented in anti-racist and anti-misogynist modes. The Afterword further explores these issues.

Desdemona is the only character with a name in Cinthio's version, as noted earlier. However, for those familiar with Shakespeare it's helpful to use the character names he created. Accordingly, this translation uses Shakespeare's character names. However the reader will need to remember that Cinthio only uses identifying descriptions or titles. The translation also uses these descriptions from time to time, linking Cinthio's descriptions with Shakespeare's character names.

Questi cambiamenti parlano dell'intento diverso dei due autori nel modo in cui creano la storia, e anche dei diversi contesti culturali in cui scrivevano: Cinzio a Venezia/Ferrara, e Shakespeare nell'Inghilterra elisabettiana di due generazioni dopo, che già cominciava ad affacciarsi sull'Atlantico. Cinzio scrisse in un'epoca in cui l'impero musulmano degli Ottomani era arrivato al suo apogeo. *L'Otello* di Shakespeare compare dopo la battaglia di Lepanto (in cui una coalizione di stati cattolici avevano sconfitto il potere navale degli Ottomani).

Nell'epoca di Shakespeare, la partecipazione dell'Inghilterra nella tratta atlantica degli schiavi africani aveva già avuto inizio. L'Italia (in particolare le repubbliche veneziane e genovesi) erano coinvolte da secoli nel commercio degli schiavi nel Mediterraneo.

Se il dramma sia razzista è oggetto di forte e lungo dibattito, particolarmente nei decenni recenti. Indiscutibilmente il dramma ritrae personaggi razzisti che danno voce a sentimenti razzisti e in questo senso riflette le attitudini di almeno una parte della gente presente nel mondo culturale del dramma. Inoltre, il dramma può essere strumentalizzato per scopi razzisti. Eppure, può essere anche studiato e presentato in modi antirazzisti e anti-misogini. Queste questioni sono approfondite nella Postfazione.

Come già notato, solo un personaggio è nominato nella novella di Cinzio: Desdemona. Tuttavia per chi conosce Shakespeare è utile adoperare i nomi dei caratteri che lui ha creato. Quindi, nell'inglese di questa traduzione, vengono usati proprio quei nomi. Servirà al lettore ricordarsi che Cinzio usa solo descrizioni o titoli per gli altri personaggi. Questi sono utilizzati ogni tanto per assistenza al lettore.

The parallel language features of this edition allow the reader to access Cinthio's original Italian, as well as the accompanying translation, shown on facing pages. In the 1500s, when printing costs were considerably dearer than today, texts were often printed without paragraph breaks. This is the case with Cinthio's *Gli Hecatommithi* and his 'Othello' story. Lack of paragraph breaks makes the text unnecessarily hard to read and is unfamiliar to modern readers. Accordingly, this version introduces paragraph breaks that modern readers expect.

Also, to help the reader who wishes to compare the two versions, this translation is broken into 'Acts.' These correspond more or less to how Shakespeare has structured his play. They also do not occur in the original Italian.

In translating this work, I have been assisted at particularly challenging points by consulting J.E. Taylor's fine translation. I hope this new translation improves on what has previously been available to English speaking readers.

Let us turn now to Cinthio's story.

We are on a ship bound for Marseilles. A company of refugees, fleeing the sack of Rome, passes the time by sharing stories, each person telling a story in turn. They have just heard the story of a Florentine woman, murdered by her husband. We enter the scene as they reflect on her story and as Florio, a member of the company, is about to introduce the story of Desdemona and Othello, who are blissfully in love.

In questa edizione bilingue, il lettore può godere su pagine affiancate del testo originale italiano di Cinzio, con la traduzione che l'accompagna. Nel cinquecento, quando le spese di stampa erano significativamente più elevate di oggi, i testi erano frequentemente stampati senza paragrafi, come si vede anche nell'originale degli *Ecatommiti* di Cinzio, in cui si trova il suo racconto di *Otello*. Questo rende il testo più difficile e scomodo da leggere per i lettori odierni. Quindi, questa traduzione fornisce la divisione in paragrafi che tali lettori si aspettano, ma che in realtà non si trova nell'originale.

Inoltre, per assistenza al lettore che è interessato a confrontare il racconto di Cinzio con la versione di Shakespeare, la traduzione è divisa in 'atti', più o meno corrispondenti a come Shakespeare struttura il suo dramma. Anche questi non si trovano nell'originale italiano.

In questa traduzione, mi sono aiutato consultando per alcuni punti complessi la traduzione di J.E Taylor. L'obiettivo è che questa nuova traduzione arricchisca ciò che è disponibile agli anglofoni.

Andiamo ora alla novella di Cinzio.

Siamo su una nave che viaggia per Marsiglia. Una compagnia di rifugiati, che scappa dal saccheggio di Roma, passa il tempo a raccontarsi novelle a turno. Hanno appena ascoltato un racconto di una donna fiorentina, uccisa da suo marito. Entriamo nella scena mentre riflettono su quest'ultimo racconto e Florio, uno della compagnia, sta per cominciare il racconto di Desdemona e Otello, i quali sono profondamente innamorati.

PROLOGUE

A moorish captain, Othello, takes a Venetian woman, Desdemona, as wife. One of his ensigns accuses her of adultery against her husband. Othello asks the ensign to kill him whom he believes to be her lover. Othello kills the wife, and is accused by the ensign. The moor does not confess, but there being clear evidence, he is banished, together with the villainous ensign who, thinking to harm others, brings about his own miserable death.[19]

The ladies would have felt great compassion for the Florentine lady's case, if the adultery she committed had not made her seem deserving of every punishment, and indeed it seemed to them that the patience of the gentleman had been remarkably great.

They were of the opinion, that it would be difficult to find another who, finding his wife in such a situation, would not have put both her and her lover to death.

But, thinking about the whole matter more at length, they concluded that he had been most prudent to have done as he did.[20]

---

[19] As we shall discover at the end, this summary misstates who actually kills Desdemona.

[20] Here the ladies are discussing the previous story in which a husband causes the death of his wife by allowing her to ride on a donkey he has deprived of water. The donkey rushes into the river Arno, and she is drowned. Through the comments of this 'chorus', Cinthio presents the then widespread acceptance of 'honor killing' in the case of adultery. By contrast, in the tale which follows after the story of Desdemona and Othello, a wife is praised for using 'wisdom' rather than violence to solve her husband's infidelity. While today both law and morality condemn domestic violence, in Cinthio's epoch such attitudes were widespread, at least as far as concerns the killing of a wife. Nonetheless, we see both in the 'prudence' commented on here and in Desdemona's story, that the law would punish the flagrant murder of a wife.

PROLOGO

Un capitano Moro piglia per mogliera una cittadina Veneziana: - un suo alfieri l'accusa d'adulterio al marito: cerca che l'alfieri uccida colui, che egli credea l'adultero. Il capitano uccide la moglie: è accusato dall'alfieri. Non confessa il Moro, ma essendovi chiari indizii, è bandito; e lo scellerato alfieri, credendo nuocere ad altri, procaccia a sé la morte miseramente.[21]

Avrebbono avuta gran pietà le donne al caso della Fiorentina, se l'adulterio da lei commesso non gliel'avesse fatta parer degna di ogni gran pena; e parve loro che la pazienza del gentiluomo fosse stata più che grande.

E furono d'opinione, che a gran fatica si sarebbe ritrovato un altro, che, veggendo la moglie in tal termine, non avesse data morte all'uno e all'altro.

Ma, considerato poi più maturamente tutto il processo, giudicarono ch'egli prudentissimamente avesse fatto.[22]

---

21 Come vedremo alla fine, questo riassunto è inesatto riguardo a chi difatti uccide Desdemona.

22 Nel racconto precedente, di cui le donne discutono, un marito provoca la morte di sua moglie, facendola cavalcare su un asino che lui ha privato d'acqua. L'asino corre nel fiume Arno, e la donna annega. Da queste parole del 'coro', Cinzio presenta l'accettazione diffusa del 'delitto d'onore,' in caso di adulterio. Nel racconto che segue dopo quello di Desdemona e Otello, in contrasto, una moglie è lodata per l'uso della sua 'saggezza' al posto della violenza, per riportare suo marito alla fedeltà. Sebbene oggi sia la legge che la moralità, condannano la violenza di genere, nell'epoca di Cinzio, queste attitudini erano diffuse, almeno riguardo all'omicidio della moglie. Nondimeno, vediamo nella 'prudenza' notata qui (e alla fine del *Desdemona e Otello di Cinzio),* che la legge poteva punire tali omicidi.

In the course of these discussions, Curzio, to whom all the others looked, waiting for him to begin his story said:

"I cannot believe that either men or women are able to escape from sexual passion; because human nature is so made that often, to our own detriment, it asserts itself powerfully within us."

"But, even so, I well believe that an honest woman, when she feels this passion arise, would rather die, than dishonorably stain the chastity which women ought observe, which like pure white ermine, is without a stain.

"And I believe that those unbound by the sacred bonds of marriage, err less in exposing their bodies to the delight of others, than a married woman, who just once, commits adultery.

"But although in the story we have heard the woman received the recompense of her guilt, it happened once that a blameless, faithful and loving lady was by her faithful husband put to death, because of insidious webs spun by a wicked soul, and because of the foolishness of he who believed it, who ought not have done so,[23] *which tale I will now recount, as you shall hear."*

[23] As noted by Mario Praz, the thrust of these words are echoed in words that Iago says to Othello in Shakespeare's play and may suggest a direct reading of Cinthio's Italian by the playwright: *"Thus credulous fools are caught:/ and many worthy and chaste dames even thus,/ all guiltless, meet reproach"* (Act 4, Scene 1, lines 55-59). See Afterword, p 55.

Fra questi ragionamenti, Curzio, al quale miravano tutti gli altri, aspettando ch'egli desse principio alla sua novella:

"Io non credo, disse, che sia in libertà né degli uomini, né delle donne il fuggire la passione amorosa; perché la umana natura è a ciò così disposta, che spesso negli animi nostri, nostro malgrado, si fa potentissima sentire."

"Ma, con tutto ciò, credo io bene che sia in arbitrio di onesta donna, quando si sente di tal fiamma accesa, voler più tosto morirsi, che per disonesta voglia, macchiare quella pudicizia, che debbono osservare le donne, come un candido armellino, senza punto di macchia."

"E credo che meno errino quelle che, sciolte dal santo legame del matrimonio, espongono i corpi loro a diletto di ognuno, che donna maritata che, con un solo, adulterio commetta."

"Ma come questa ricevette degna pena della sua colpa, così avviene talora che, senza colpa, fedele ed amorevole donna, per insidie tesele da animo malvagio, e per leggierezza di chi più crede, che non bisognerebbe, da fedel marito riceve morte;[24] *come da quello, ch'ora vi son per raccontare, manifestamente vedrete."*

---

[24] Come notato da Mario Praz, il succo di queste parole echeggiano nelle parole che Iago dice a Othello nel dramma di Shakespeare e suggeriscono una diretta lettura dal drammaturgo del italiano della novella di Cinzio: *"Così sono incappati i creduloni:/ e tante brave and fedele donne anche così,/ senza colpa, ricevano rimprovero."* (Act 4, Scene 1, lines 55-59). See Afterword, p 55.

ACT ONE

There was once in Venice, Othello, a most valiant moor.[25] For his bold character, and demonstrated wisdom and intrepid ingenuity in the arts of war, he was held in high esteem by the lords of the city; who in rewarding valiant deeds, advanced their republic greatly.

It happened that Desdemona, a virtuous lady, of surpassing beauty, drawn, not by womanly desire, but by Othello's virtue, fell in love with him. And he, won by the beauty and noble intellect of that lady, likewise fell in love with her.[26] And their love was so favored, that they joined themselves in marriage, even though the lady's family did all they could so that she would take a husband other than he.[27] And while they were in Venice they lived together in happy concord and great tranquillity, so that there was never between them, I dare say, a less than loving word.

---

[25] The name Othello was invented by Shakespeare and does not appear in Cinthio's version. This translation uses Othello and other character names which appear in Shakespeare's play to assist the reader with comparing Cinthio's version with Shakespeare, and to increase clarity in character references.

[26] Compare with Shakespeare Act 1, Scene 3, where according to Othello 'pity' rather than 'virtue' moves Desdemona and Othello loves her for her compassion. Desdemona herself cites her admiration of Othello's 'honors' and 'valiant parts.'

[27] This sole reference to family opposition is elaborated by Shakespeare into a significant part of Act 1 and Act 2 Scene 1 of his play. In Shakespeare, Othello is put on 'trial' after Desdemona's father alleges he used witchcraft to seduce Desdemona. See discussion in the Afterword.

ATTO PRIMO

Fu già in Venezia un Moro[28] molto valoroso, il quale, per essere pro' della persona, e per aver dato segno, nelle cose della guerra, di gran prudenza e di vivace ingegno, era molto caro a que' signori, i quali, nel dar premio agli atti virtuosi, avanzano quante repubbliche fur mai.

Avvenne che una virtuosa donna, di meravigliosa bellezza, Disdemona chiamata, tratta non da appetito donnesco, ma dalla virtù del Moro, s'innamorò di lui, ed egli, vinto dalla bellezza e dal nobile pensiero della donna, similmente di lei si accese,[29] ed ebbero tanto favorevole amore, che si congiunsero insieme per matrimonio, ancora che i parenti della donna facessero ciò che poterono, perché ella altro marito si prendesse, che lui;[30] e vissero insieme di sì concorde volere, e in tanta tranquillità, mentre furono in Venezia, che mai tra loro non fu, non dirò cosa, ma parola men che amorevole.

---

28 Il nome Otello fu inventato da Shakespeare e non appare nella versione di Cinzio. Qui Otello e altri nomi di personaggi che appaiano nel dramma di Shakespeare sono aggiunti al testo inglese per assistere il lettore nel confrontare la versione di Cinzio con il dramma Shakespeariano, e per rendere più chiari i riferimenti ai personaggi.

29 Comparate Shakespeare atto primo, scena terza: Otello dice che la 'compassione', non la 'virtu' commuove Desdemona e la ama per quello. Desdemona afferma di amare Otello per il suo 'onore' e le sue parti 'valorose'.

30 Questo unico riferimento all'opposizione della famiglia è elaborato da Shakespeare in una parte significativa dell'atto primo e dell'atto secondo, scena prima, del suo dramma. In Shakespeare, Otello è 'processato' dopo l'accusa da parte del padre di Desdemona che questi ha usato la magia per sedurre Desdemona. Si veda la discussione nella Postfazione.

It happened that the Lords of Venice were rotating the forces under arms that they were accustomed to keep on the island of Cyprus, and they appointed the moor as general of their battalions there.[31] Othello was overjoyed at the honor offered to him (for such a high office was rarely bestowed, and then only on men and nobles: strong and faithful, who had demonstrated in themselves the greatest valor). Nonetheless, his happiness was troubled whenever the distance and difficulties of the voyage presented themselves to his mind, thinking to himself that Desdemona would find it an unwelcome blow.

That lady, who had only Othello in this world, was delighted at the recognition her husband had received for his virtues from so powerful and noble a republic. Accordingly, she was impatient for the moment when her husband and his company would set out on their mission, and she could accompany him to such an honored post. Yet she could see that Othello was troubled and this set her ill at ease.

Not knowing the reason, one day as they dined together, she said to him:

"Why are you so gloomy, Othello, after having been given such an honored lordship by the Signoria?"[32]

To Desdemona, Othello replied:

"My happiness at this honor is unsettled for the love I bear for you, because I see that necessarily, one of two consequences must follow. Either I will cast you with me into the perils of the deep, or, so as not to expose you to such dangers, I will leave you here in Venice."

---

31 In Shakespeare, the outbreak of war with the Ottomans is the reason Othello is sent to Cyprus. Of course, these additions add significant dramatic effect. See Shakespeare Act 1, Scene 3 and the discussion in the Afterword.

32 The principal council of the government of the Venetian Republic.

Occorse che i signori Veneziani fecero mutazione delle genti d'arme, ch'essi sogliono tenere in Cipro, ed elessero per capitano dei soldati che là mandavano, il Moro;[33] il quale, ancora che molto lieto fosse dell'onore che gli era offerto (però che tal grado di dignità non si suol dare, se non ad uomini e nobili, e forti, e fedeli, e che abbiano mostrato avere in sé molto valore), si scemava nondimeno la sua allegrezza, qualora egli si poneva innanzi la lunghezza e la malagevolezza del viaggio, pensandosi che Disdemona ne dovesse rimanere offesa.

La donna, che altro bene non aveva al mondo che il Moro, ed era molto contenta del testimonio ch'aveva avuto il marito della sua virtù, da così possente e nobile repubblica, non vedea l'ora che il marito colle sue genti, si mettesse in cammino, ed ella andasse seco in compagnia in così onorato luogo; ma le dava gran noia il vedere il Moro turbato.

E non ne sapendo la cagione, un giorno, mangiando, gli disse:

"Che vuol egli dir, Moro, che poi che vi è stato dato dalla signoria così onorato grado, ve ne state tanto maninconico?"[34]

A Disdemona disse il Moro:

"Turba la contentezza del ricevuto onore, l'amore che io ti porto, perché io veggo di necessità delle due cose doverne avvenir l'una, ovvero che io ti meni con esso meco a' pericoli del mare, ovvero che, per non ti dar questo disagio, ti lasci in Venezia."

---

[33] In Shakespeare lo scoppio della guerra con i turchi è la ragione per cui Otello è mandato a Cipro. Certamente queste aggiunte accrescono significativamente la drammaticità. Si veda Atto primo, scena 3 di Shakespeare e la discussione nella Postfazione.

[34] Il consiglio principale del governo della repubblica Veneziana.

"The first, would be unbearable to me. For every trouble that you bore, and every danger you encountered, would be to me terrible torture. The second, being compelled to leave you here, would be as odious to me. For, to part from you, would be to tear me from life itself."

Desdemona, having heard this, said:

"Oh my husband, what are these thoughts that trouble your heart? Why do you let such things disturb you?"

"I long to depart with you, wherever you may go; whether I should have to pass through fire in nothing but a shift, or cross the seas with you in a secure and well-furnished ship."

"And even if there be troubles and dangers, I wish to face them with you, and I would hold myself little loved by you, if, to not have my company at sea, you thought to leave me here in Venice, or if you convinced yourself that you would rather have me here in safety, than sharing together with you the same dangers."

"So it is my wish that you prepare for the voyage, with all that joy that befits the station that you hold."

Then Othello, full of happiness, threw his arms about his wife and with an affectionate kiss, said:

"My dearest wife, may God long preserve our love."[35]

---

[35] As the reader will have noted, Cinthio begins his story by dwelling on the honor in which Othello is held and the strength of the love between Othello and Desdemona. Shakespeare begins his play with Iago's hatred and contempt for Othello which he conveys with racist and abusive epithets. See Shakespeare Act 1, Scene 1.

“La prima non mi potrebbe essere se non grave, perché ogni fatica che tu ne sostenessi, ed ogni pericoli che ci sopravvenisse, mi recherebbe estrema molestia: la seconda, devendoti lasciare, mi sarebbe odioso a me medesimo, perché, partendomi da te, mi partirei dalla mia vita.”

Disdemona, ciò inteso:

Deh, disse, marito mio, che pensieri son questi che vi vanno per l’animo? a che lasciate che cosa tal vi turbi?”

“Voglio io venire con voi, ovunque anderete, sebbene così dovessi passare in camicia per lo fuoco, come sono per venire per acqua con voi, in sicura e ben guarnita nave.”

“E se pure vi saranno pericoli e fatiche, io con voi ne voglio essere a parte, e mi terrei d’essere poco amata da voi, quando, per non mi avere in compagnia nel mare, pensate di lasciarmi a Venezia, o vi persuadeste che più tosto mi volessi star qui sicura, ch’essere con voi in uno istesso pericolo.

“Però voglio che vi apparecchiate al viaggio, con tutta quella allegrezza che merita la qualità del grado che tenete.”

Gittò allora le braccia al collo, tutto lieto, il Moro alla mogliera, e, con uno affettuoso bacio, le disse:

“Iddio ci conservi lungamente in questa amorevolezza, moglie mia cara.”[36]

---

[36] Come il lettore avrà notato, Cinzio inizia il suo racconto concentrandosi sull’onore per cui è riconosciuto Otello e la forza dell’amore fra lui e Desdemona. Shakespeare inizia il suo dramma con l’odio e il disprezzo che Iago sente per Otello, che trasmette con epiteti razzisti e abusanti. Si veda Shakespeare atto primo, scena prima.

ACT TWO

And so, having quickly gathered his gear for war, and putting all in order for the journey, with his lady and all his company he boarded the galley. The sails were hoisted and their vessel sailed forth in the calmest of seas and so they arrived in Cyprus.

Among his men was Iago, a charismatic and handsome ensign, of a nature as wicked as had ever entered the world.

This man was most dear to Othello, who had not perceived any sign of his evil. For although Iago was a most malevolent spirit, nonetheless, with eloquent and proud words, he conducted himself so as to hide his vileness deep within his heart. And to all he presented himself in the guise of a Hector or an Achilles.

In Cyprus, this savage beast also beat his wife Emilia,[37] who was a beautiful and honest young woman, and as she was a fellow Italian, she was much beloved of Desdemona, with whom she passed much of the day.

In the same company there was also Cassio, the captain of the squadron,[38] who was most dear to Othello.

---

37 In Shakespeare, Emilia is a more independent character who is not involved in the plot. In Cinthio's tale she is framed as entirely under the power of Iago, who here reveals another repulsive element of his character.

38 In Shakespeare's *Othello*, Cassio is regarded as of a higher rank than Iago. However in Venetian military ranks of the era, an ensign was a far more senior position, whereas the head of a squadron was equivalent to a corporal. This marks a significant change of plot in Shakespeare's play. It gives Iago a reason to hate Othello: that he has been overlooked for advancement. Bullough, Geoffrey, ed. Narrative and dramatic sources of Shakespeare. Vol. 7. Columbia University Press, 1975., p 197

ATTO SECONDO

E indi a poco pigliati gli suoi arnesi, e messosi ad ordine per lo cammino, entrò colla sua donna e con tutta la compagnia, nella galea, e date le vele al vento, si mise in cammino, e con somma tranquillità del mare, se n'andò in Cipri.

Aveva costui nella compagnia un alfiero di bellissima presenza, ma della più scellerata natura, che mai fosse uomo del mondo.

Era questi molto caro al Moro, non avendo egli delle sue cattività notizia alcuna; perché quantunque egli fosse di vilissimo animo, copriva nondimeno coll'alte e superbe parole, e colla sua presenza di modo la viltà ch'egli chiudea nel cuore, che si scopriva nella sembianza un Ettore, od uno Achille.

Aveva similmente menata questo malvagio la sua moglie in Cipro,[39] la quale era bella ed onesta giovane, e per essere Italiana, era molto amata dalla moglie del Moro, e si stava la maggior parte del giorno con lei.

Nella medesima compagnia era anco un capo di squadra,[40] carissimo al Moro.

---

39 In Shakespeare, Emilia è un personaggio più indipendente, e non è coinvolta nel complotto. Nel racconto di Cinzio, è inquadrata pienamente sotto il potere di Iago, che qui svela un altro elemento ripugnante del suo carattere.

40 Nell'*Otello* di Shakespeare, Cassio è più alto in rango di Iago. Tuttavia nei gradi militari veneziani di quell'epoca, l'alfiere era una posizione molto più alta, mentre il capo di squadra era equivalente a un caporale. Questo è un cambiamento significativo nella trama del dramma di Shakespeare. Dà motivo a Iago di odiare Otello, perché lui è stato trascurato per la promozione. Bullough, Geoffrey, ed. Narrative and dramatic sources of Shakespeare. Vol. 7. Columbia University Press, 1975., p 197

This captain often visited Othello's home, and many times ate with him and with his wife.

Because Desdemona knew him to be most dear to her husband, she treated him with great courtesy, which was much appreciated by Othello.

The black-hearted Iago, paying no heed at all to the loyalty he had pledged his wife Emilia, nor to friendship, loyalty and obligations he owed Othello, became ardently besotted with Desdemona, and he turned all his thoughts to devising schemes for satisfying his lust for her.[41]

---

41 Much of the lustful element of Iago's character is transferred by Shakespeare to a new character he invents: Roderigo. The splitting of Iago into two characters each sharing part of Cinthio's ensign, allows Shakespeare to dramatize the inner evil inherent in the character in the dialogues between his Iago and Roderigo. Shakespeare's play indeed opens with Iago debating with Roderigo their initial designs to cause trouble for Othello and Desdemona. Shakespeare introduces other character flaws and motives in Iago - primarily his jealousy for the military rank that Othello has accorded Cassio. Other reasons in Shakespeare's play why Iago hates Othello and wishes to destroy him are complex. Iago cites his suspicion that Othello has slept with his wife, Emilia (the mere suspicion being enough for him to plan Othello's destruction). Iago also at one point states that he 'loves' Desdemona. Shakespeare's Iago also frequently uses racist language against Othello, pointing to racism as a powerful motive and rationalization of Iago's conduct. In Shakespeare, Desdemona is primarily 'collateral damage' in Iago's plot to destroy Othello. In Cinthio, it is Iago's desire for and hatred of Desdemona herself, when he cannot have her, which drives the plot. Had this element survived into Shakespeare's play it might have been titled 'Desdemona' rather than 'Othello.' The desire for control and domestic violence in Cinthio's tale thus involves both Iago and Othello - both want Desdemona under their control - and if it cannot be - both, in the end, want her dead.

Andava spessissime volte questi a casa del Moro, e spesso mangiava con lui e con la moglie.

Laonde la donna, che lo conosceva così grato al suo marito, gli dava segni di grandissima benevolenza; la qual cosa era molto cara al Moro.

Lo scellerato alfiero, non curando punto la fede data alla sua moglie, né amicizia, né fede, né obbligo ch'egli avesse al Moro, s'innamorò di Disdemona ardentissimamente, e voltò tutto il suo pensiero a vedere se gli poteva venir fatto di godersi di lei;[42]

---

[42] Molti aspetti della parte lasciva di Iago sono trasferiti da Shakespeare in un nuovo personaggio creato da lui: Roderigo. La separazione di Iago in due personaggi, ognuno dei quali rappresenta parte del carattere dell'alfiere di Cinzio, permette a Shakespeare di drammatizzare il maligno interiore inerente al personaggio, col dialogo fra Iago e Roderigo. Il dramma di Shakespeare, infatti, comincia con Iago che dibatte con Roderigo riguardo ai primi disegni per creare problemi ad Otello e Desdemona. Shakespeare introduce altri difetti di carattere e motivi di Iago - principalmente la sua invidia per il rango militare che Otello ha dato a Cassio. Altre ragioni per cui, nel dramma di Shakespeare, Iago odia Otello e vuole distruggerlo sono complesse. Iago accenna al suo sospetto che Otello è andato a letto con sua moglie, Emilia (il mero sospetto per lui é sufficiente per voler pianificare la distruzione di Otello). Iago dichiara anche in un punto che 'ama' Desdemona. Lo Iago di Shakespeare frequentemente adopera un discorso razzista contro Otello; ciò vede il razzismo come un motivo potente e una giustificazione per il comportamento di Iago. Dunque, in Shakespeare, Desdemona è principalmente un 'danno collaterale' del complotto di Iago. In Cinzio, il desiderio di Iago per Desdemona e l'odio verso di lei, dà motivo alla trama. Se questo elemento fosse sopravvissuto nel dramma di Shakespeare, questo si sarebbe forse intitolato 'Desdemona' e non 'Otello.' Il desiderio di controllo e la violenza familiare del racconto di Cinzio, dunque coinvolgono sia Iago che Otello. Entrambi vogliono Desdemona sotto il loro potere - è se questo non può essere, alla fine, la vogliono morta.

But he did not dare reveal himself, fearing if Othello came to know of it, he would reward him with a swift death. Iago tried by various means, as veiled as might be, so that Desdemona would understand that he desired her. But she, whose thoughts were only for Othello, gave neither Iago, nor indeed any other man, a single thought.

And all that Iago did to try to interest her in him, produced no more result than if he had not done it at all. Imagining then that his lack of success was due to Desdemona being in love with Cassio, the captain of the squadron, Iago's thoughts turned to getting rid of him.

And not only did he turn his mind to this evil, but the love that he had felt for the lady was transformed to the bitterest hatred; and he put himself with every care to studying how, having compassed Cassio's death, if he could not enjoy the lady, neither would the moor.

And turning over various plots in his heart, all of them villainous and wicked, in the end he decided to accuse her of adultery against her husband, and to bring Othello to believing that the adulterer was Cassio. Nonetheless, knowing the profound love that Othello bore for Desdemona, and the friendship between him and the captain, Iago was well aware, that if he did not devise a cunning artifice it would not fool Othello, and he would believe neither one lie nor the other.

So he set himself to waiting that some time or circumstance would clear the path to achieving his villainous intent.

And not much time later, Othello reduced Cassio in rank because he had drawn his sword against a soldier of his guard and wounded him.[43] This caused Desdemona great sadness and she tried many times to restore her husband's friendship with Cassio.

---

[43] Shakespeare enhances this plot point by introducing scheming by Iago as the cause of the fight between Cassio and the soldier. (Act 2, Scene 3)

ma non ardiva di dimostrarsi, temendo che se il Moro se ne avvedesse, non gli desse subito morte. Cercò egli con vari modi, quanto più occultamente poteva, di fare accorta la donna ch'egli l'amava; ma ella, ch'avea nel Moro ogni suo pensiero, non pensava punto né allo alfiero, né ad altri.

E tutte le cose ch'egli facea per accenderla di lui, non più operavano, che se fatte non le avesse. Onde s'immaginò costui che ciò avvenisse, perché ella fosse accesa del capo di squadra, e pensò volerlosi levar dinanzi gli occhi.

E non pure a ciò piegò la mente, ma mutò l'amore, ch'egli portava alla donna, in acerbissimo odio; e si diè con ogni studio a pensare, come gli potesse venir fatto che, ucciso il capo di squadra, se non potesse goder della donna, il Moro anco non ne godesse.

E rivolgendosi per l'animo varie cose, tutte scellerate e malvagie, alla fine si deliberò di volerla accusare di adulterio al marito, e dargli ad intendere che l'adultero era il capo di squadra; ma sappiendo costui l'amore singolare che portava il Moro a Disdemona, e la amicizia ch'egli avea col capo di squadra, conosceva apertamente che, se con astuta froda non faceva inganno al Moro, era impossibile dargli a vedere né l'uno né l'altro.

Per la qual cosa si mise ad aspettare che il tempo ed il luogo gli aprisse la via da entrare a così scellerata impresa.

E non passò molto, che il Moro, per aver messa mano alla spada il capo di squadra, nella guardia, contra un soldato, e dategli delle ferite,[44] lo privò del grado; la qual cosa fu gravissima a Disdemona; e molte volte aveva tentato di rappacificare il marito con lui.

---

44 Shakespeare accresce questo punto della trama introducendo gli intrighi di Iago come la causa della zuffa tra Cassio e il soldato. (Atto secondo, scena terza).

ACT THREE

In the meantime, Othello confided in Iago that his wife so nagged him about Cassio, that he feared that in the end he would give in. Here, the villain, seeing an opening to give effect to the web of deceptions which he had planned, said:

"Might Desdemona have a reason to wish to see him?"

"What do you mean?" asked Othello.

"I have no wish," replied the ensign, "to interfere in affairs between man and wife, but if you open your eyes, you yourself will see it."

But no matter how much Othello pressed him, Iago would say no more. Nonetheless, those words were as sharp thorns piercing Othello's heart. So he set himself to discovering what the words might mean and he fell into deep melancholy.

For this reason, when Desdemona, one day seeking to mollify Othello's anger towards Cassio, urged him not to cast away, for what was a small fault, the many years of service and friendship between them (especially now that there was peace between the wounded soldier and the captain), Othello became full of anger at her words and said to her:

"An astonishing thing it is, Desdemona, that you take so much care for Cassio's well-being, but he is not your brother, nor a relative that he should weigh so much upon your heart."

The lady, with great politeness and humility replied:

"I would not wish that you become angry with me. Nothing has moved me but the pain of seeing you deprived of so dear a friend. As I know, from your own words, what Cassio has meant to you. He has not, after all, committed so grave a wrong, that you should hold so much hatred for him."

ATTO TERZO

Tra questo mezzo, disse il Moro allo scellerato alfieri, che la moglie gli dava tanta seccaggine per lo capo di squadra, che temea finalmente di non essere astretto a ripigliarlo. Prese da ciò il mal uomo argomento di por mano agli orditi inganni, e disse:

"Ha forse Disdemona cagione di vederlo volentieri."

"E perché? disse il Moro.

"Io non voglio," rispose l'alfieri, "por mano tra marito e moglie; ma se terrete aperti gli occhi, voi stesso lo vi vedrete."

Né per diligenza che facesse il Moro, volle lo alfieri più oltre passare; benchè lasciarono tali parole così pungente spina nell'animo del Moro, che si diede con sommo studio a pensare ciò che volessero dire tali parole, e se ne stava tutto maninconioso.

Laonde, tentando un giorno la moglie di ammollire l'ira sua verso il capo di squadra, e pregandolo a non volere mettere in oblio la servitù e l'amicizia di tanti anni, per un piccolo fallo, essendo massimamente nata pace fra il soldato ferito e il capo di squadra, venne il Moro in ira, e le disse:

"Gran cosa è questa, Disdemona, che tu tanta cura ti pigli di costui; non è però egli né tuo fratello, né tuo parente, che tanto ti debba essere a cuore."

La donna, tutta cortese ed umile:

"Non vorrei, disse, che voi vi adiraste con meco; altro non mi muove che il dolermi di vedervi privato di così caro amico, qual so, per lo testimonio di voi medesimo, che vi è stato il capo di squadra. Non ha però egli commesso sì grave errore, che gli debbiate portare tanto odio."

"But you moors are so hot of temperament, that any little thing can move you to anger or vendetta."

At these words, Othello, more furious than ever, replied:

"That may prove true, whether you credit it or not. I will take vengeance for injuries done to me, until sated of my hunger."

The lady was stunned at these words, and seeing her husband, contrary to his usual nature, angered against her, humbly replied:

"Nothing but good has moved me to speak to you of this matter, but that you not be angry at me any further, I will never speak another word of it."

The moor, having seen that his wife had once more spoken to him for the benefit of the captain of the squadron, imagined that the words Iago had said to him, had meant to suggest that Desdemona was in love with Cassio. And so, in a deep melancholy, Othello went to Iago, trying to get that rogue to speak more freely.

The ensign, intent on harming that poor lady, feigned reluctance to say anything that might cause Othello sadness. Then, pretending to have been persuaded by Othello's entreaties he said:

"I cannot deny, that I feel more and more that I must say something, even though it be worse to you than any other harm. And since you press me to speak, and the responsibility that I have to your honor as my lord, spur me to tell you of it, I do not wish to fall short of your entreaty, nor of my duty."

"You must know then that your wife troubled to see the captain of the squadron in your ill favor, for no other reason than that she takes pleasure with him, whenever he comes to your house, as already, she has grown weary of your blackness."

"Ma voi Mori siete di natura tanto caldi, che ogni poco di cosa vi move ad ira ed a vendetta."

A queste parole più irato, rispose il Moro:

"Tale lo potrebbe provare, che non sel crede; vedrò tal vendetta delle ingiurie che mi son fatte, che ne resterò sazio."

Rimase la donna tutta isbigottita a queste parole; e veduto, fuor del suo costume, il marito contra lei riscaldato, umilmente disse:

"Altro che buon fine a parlarvi di ciò mi ha indotta; ma perché più non vi abbiate di adirar meco, non vi dirò più mai di ciò parola."

Veduta il Moro la instanza che di nuovo gli avea fatta la moglie in favore del capo di squadra, si imaginò che le parole che gli aveva detto l'alfieri, gli avessero voluto significare, che Disdemona fosse innamorata di lui, e se n'andò a quel ribaldo tutto maninconioso, e cominciò a tentare che egli più apertamente gli parlasse.

L'alfieri, intento al danno di questa misera donna, dopo l'avere finto di non voler dir cosa che fosse per dispiacergli, mostrandosi vinto da' prieghi del Moro, disse:

"io non posso negare, che non mi incresca incredibilmente di avervi a dir cosa, che sia per esservi più di qualunque altra molesta; ma poi, che pur volete ch'io la vi dica, e la cura che io debbo avere dell'onor vostro, come di mio signore, mi sprona anco a dirlovi, non voglio ora mancare né alla vostra dimanda, né al debito mio."

"Dovete adunque sapere che non per altro è grave alla donna vostra il veder il capo di squadra in disgrazia vostra, che per lo piacere che ella si piglia con lui, qualora egli in casa vostra viene, come colei a cui già è venuta a noia questa vostra nerezza."

These words struck Othello's heart to its very core, but, wishing to learn more (even though he believed the truth of that which Iago had told him because of the suspicion that had already been born in his heart), with a fierce look, he said:

"I do not know what holds me back from cutting off your audacious tongue, which has dared to speak such infamy of my wife."

Iago then replied:

"I expected, my lord, no other reward from performing my loving duty, but the matter weighed on me so greatly, and desiring to protect your honor, I answered you, and the matter is as you have heard it. If the lady through pretending to love you, has so blinded your eyes, that you do not see what you should see, it does not mean that I do not speak the truth. For that same Cassio, himself revealed it to me, for it seemed to him that his happiness would not be complete, if he did not let another know of it."

He then added:

"And when he said those words, if I had not feared your anger, I would have given him that death which he justly deserves. But since letting you know of what concerns you more than any other has brought me such an unmerited recompense, I wish that I had held my peace, and by keeping silent not have incurred your honor's displeasure."

Queste parole passarono il cuore al Moro insino alle radici; ma, per saper più oltre (ancora ch'egli credesse vero quanto aveva detto l'alfieri, per lo sospetto che già gli era nato nell'animo), disse, con fiero viso:

Non so io a che mi tenga che non ti tagli questa lingua tanto audace, che ha avuto ardire di dar tale infamia alla donna mia.

L'alfieri allora: Non mi aspettava, disse, capitano, di questo mio amorevole ufficio altra mercede; ma, poi che tanto oltre mi ha portato il debito, e il desiderio dell'onor vostro, io vi replico, che così sta la cosa come intesa l'avete, e se la donna, col mostrar di amarvi, vi ha così appannati gli occhi, che non abbiate veduto quel che veder devevate, non è mica per ciò che io non vi dica il vero. Perché il medesimo capo di squadra l'ha detto a me, come quegli, cui non pareva la sua felicità compiuta, se non ne faceva alcuno altro consapevole."

Egli soggiunse:

E se io non avessi temuta l'ira vostra, gli avrei dato, quando ciò mi disse, quella mercede, coll'ucciderlo, della quale egli era degno. Ma poscia che il farvi sapere quello che più a voi che a qualunque altro appartiene, me ne fa avere così sconvenevole guiderdone, me ne vorrei essere stato cheto, che non sarei, tacendo, incorso nella disgrazia vostra.

Then Othello, full of rage replied:

"If you do not prove to me with my own eyes the truth of what you have said,[45] be certain that I will bring you to know that it would have been better that you had been born without a tongue."

"I would have found it easy," added the villain, "when he used to frequent your house; but now that, not for the right reason, but for less blameworthy reasons, you have chased him off, it cannot but be difficult to me. Even though I am convinced he still takes pleasure with Desdemona, whenever you give him the chance, he will be much more careful now, as it is plain that you hate him, which was not so before."

"But even then, I do not despair of being able to show you that which you do not want to believe."

And with these words they parted. The sorry Othello, as if pierced with a sharp dart, went home, waiting for what would come on the day when the ensign should show him that which would forever make him wretched.

No less troublesome for the cursed Iago was that chaste life which he knew Desdemona observed, so that it seemed to him that he could not find a way to make Othello believe the lies which he had told him; and turning the matter over in his mind, the villain invented a new mischief.

---

45 This is the section of the novella which in Shakespeare's play is referenced with the phrase 'ocular proof': "*... Be sure of it; give me the ocular proof: Or by the worth of man's eternal soul, Thou hadst been better have been born a dog ...*" Act 3, Scene 3.

Il Moro allora tutto cruccioso:

se non mi fai, disse, vedere cogli occhi[46] quello che detto mi hai, viviti sicuro che ti farò conoscere, che meglio per te sarebbe che tu fossi nato mutolo."

"Agevol mi sarebbe stato questo," soggiunse il malvagio, "quando egli in casa vostra veniva; ma ora che, non per quello che bisognava, ma per vie più lieve cagione, l'avete scacciato, non mi potrà essere se non malagevole; che ancora che io stimi, ch'egli Disdemona si goda, qualora voi gliene date l'agio, molto più cautamente lo dee fare ora, che si vede essersi venuto in odio, che non facea di prima."

"Ma anco non perdo la speranza di potervi far vedere quel che creder non mi volete.

E con queste parole si dipartirono. Il misero Moro, come tocco da pungentissimo strale, se ne andò a casa, attendendo che venisse il giorno, che l'alfieri gli facesse veder quello che lo dovea far per sempre misero.

Ma non minor noia dava al maledetto alfieri la castità, ch'egli sapeva che osservava la donna, per che gli parea non poter ritrovar modo a far credere al Moro quello che falsamente detto gli aveva; e voltato in varie parti il pensiero, pensò lo scellerato a nuova malizia.

---

46 La frase 'vedere cogli occhi' è tradotta nel dramma di Shakespeare come 'ocular proof'." *... sii sicuro; fammi vedere la prova oculare: Se no, per quello che vale l'anima eterna dell'uomo; Sarebbe stato meglio se tu fossi nato cane ...*" Atto terzo, Scena terza.

Often Desdemona went, as I have said, to visit the ensign's wife, and would pass a good part of the day with her. Iago saw that Desdemona carried with her a small handkerchief, which he knew had been given to her by Othello. That handkerchief was worked with the finest moorish embroidery, and it was as dear to Desdemona as it was to Othello. The ensign schemed therefore to secretly steal it and then employ it to prepare her final doom.

Iago had a three year old daughter,[47] who was much loved by Desdemona. One day, when the ill-fated lady had gone to visit the home of this scoundrel, he took the girl in arms, and passed her to Desdemona. She took the girl and hugged her close. That deceiver, who was marvellously skilled at sleight of hand, stole the handkerchief from her girdle so carefully that she did not notice it at all, and he, pleased with his success, departed.[48]

Desdemona, unaware of what had happened, went home, her head full of other thoughts, and she gave no thought to the handkerchief.

After a few days, when looking for it, she could not find it and she was anxious that Othello might ask her for it, as he often did.

---

[47] Iago and Emilia are childless in the play.

[48] In the play, Emilia steals the handkerchief as ordered by her husband Iago, but she does not know what he plans to do with it.

Andava sovente la moglie del Moro, come ho detto, e casa della moglie dell'alfieri, e se ne stava con lei buona parte del giorno; onde veggendo costui ch'ella talora portava seco un pannicello da naso, ch'egli sapeva che le aveva donato il Moro, il qual pannicello era lavorato alla moresca sottilissimamente, ed era carissimo alla donna, e parimente al Moro, si pensò di toglierle secretamente, e quindi apparecchiarle l'ultimo danno.

Ed avendo egli una fanciulla di tre anni,[49] la quale era molto amata da Disdemona, un giorno, che la misera donna a casa di questo reo si era andata a stare, prese egli la fanciulla in braccio, ed alla donna la porse; la quale la prese e se la recò al petto. Questo ingannatore, che eccellentemente giocava di mano, le levò da cintola il pannicello così accortamente,[50] che ella punto non se n'avvide, e da lei tutto allegro si dipartì.

Disdemona, ciò non sappiendo, se ne andò a casa, e occupata da altri pensieri, non si avvide del pannicello.

Ma, indi ad alquanti giorni, cercandone, e nol ritrovando, stava tutta timida che il Moro non gliene chiedesse, come egli sovente facea.

---

[49] Iago e Emilia non hanno figli nel dramma.

[50] Nel dramma, Emilia ruba il fazzoletto per ordine di suo marito Iago, ma non sa come lui intende usarlo.

ACT FOUR

The villainous ensign, finding a convenient opportunity, went to the captain of the squadron, and with artful cunning left the handkerchief near the head of his bed. Nor did Cassio notice it, until the next morning, when he rose from his sleep, for the handkerchief had fallen to the ground and he stepped on it. And he could not imagine how it had come to be there. Knowing it to be Desdemona's, he decided to return it to her, and waiting until Othello was not at home, he went to the back door and knocked.

As fate would have it, which seemed to be in league with the ensign to compass the death of the poor lady, right at that moment, Othello arrived home, and hearing the knocking at the door, he went to the window, and in a fury called out:

"Who knocks there?"

Cassio, hearing Othello's voice, and afraid that if Othello descended it would be to his harm, fled without giving any reply.

Othello, descended the stairs, opened the door and went out into the street, but looking back and forth for who had knocked found no one. Back inside, with spite in his heart, he asked his wife who it was who had knocked on the door.

Desdemona responded truthfully that she did not know, but Othello said:

"It seemed to me to be Cassio."

"I do not know," she replied, "whether it was he or another."

ATTO QUARTO

Lo scellerato alfieri, pigliatosi comodo tempo, se ne andò al capo di squadra, e con astuta malizia gli lasciò il pannicello a capo del letto, né se ne avvide il capo di squadra se non la seguente mattina, che levandosi dal letto, essendo il pannicello caduto in terra, vi pose il piede sopra; né sapendosi immaginare come in casa l'avesse, conoscendolo cosa di Disdemona, deliberò di dargliele, e attendendo che il Moro fosse uscito di casa, se n'andò all'uscio di dietro, ed ivi picchiò.

Volle la fortuna, che parea che coll'alfieri congiurata si fosse alla morte della meschina, che in quell'ora appunto il Moro si venne a casa, e udendo picchiare l'uscio, si fece alla finestra, e tutto cruccioso disse:

"Chi picchia là?"

Il capo di squadra, udita la voce del Moro, temendo ch'egli non scendesse a danno suo, senza risponder parola si diede a fuggire.

Il Moro, scese le scale, e aperto l'uscio, uscì nella strada, e cercando di lui nol ritrovò; onde entrato in casa, pieno di mal talento, dimandò alla moglie, chi fosse colui che laggiù picchiava.

La donna rispose quel che vero era, che nol sapeva; ma il Moro disse:

"Mi ha egli paruto il capo di squadra."

"Non so io," disse ella, "se sia stato né egli, né altri."

Othello restrained in his fury. No matter how much his anger burned, he did not want to do anything until he had first spoken to the ensign, going to him swiftly and informing him of what had happened. After which, Othello begged Iago to discover all he could from Cassio about the matter.

Iago, delighted at so favourable a turn of events, promised to do just that.

And he spoke to Cassio one day, at a time when Othello was present, so that he would observe them speaking together; and speaking to him of any other thing than Desdemona, they laughed together heartily. Iago showed himself astonished by many gestures of head and hand, as if he was hearing the most marvelous things.

No sooner had they parted, that Othello went to the ensign to learn all that had passed between them. The ensign, after making Othello plead at length, at last said:

"He hid nothing from me and he told me that he has lain with your wife, every time that you, being absent, gave him the opportunity to do so, and that the last time he had been with her, she had given him a handkerchief, which you had given her as a gift when you married."[51]

Othello thanked the ensign, and it seemed to him that if he confirmed that Desdemona did not have the handkerchief, it would be clear that matters were as the ensign had told him. Accordingly, one day, after their noon meal, while speaking of various matters with Desdemona, he asked her for the handkerchief.

On hearing the request, the unhappy woman's face flushed crimson for she greatly feared the question. To hide her face, which Othello had already well marked, she hurried to her chest, pretending to look for it. And after a long search, she said:

---

51 Compare with Shakespeare Act 4, Scene 1.

Rattenne il Moro il furore, quantunque d'ira ardesse, né prima volle far cosa alcuna, che parlasse coll'alfieri, al quale subitamente se n'andò, e gli disse quanto era occorso, e lo pregò ad intendere dal capo di squadra tutto quello che ch'egli poteva intorno a ciò.

Egli, lieto di così fatto avvenimento, gli promise di farlo.

Ed al capo di squadra parlò un giorno costui, che il Moro era in luogo, onde gli poteva vedere insieme ragionare; e parlandogli di ogn'altra cosa che della donna, facea le maggiori risa del mondo, e mostrando di maravigliarsi; facea di molti atti, e col capo e colle mani, come che udisse cose maravigliose.

Il Moro, tosto che gli vide partiti, andò verso l'alfieri, per sapere ciò che colui detto gli avesse. Questi, dopo aversi fatto lungamente pregare, al fin gli disse:

"Non mi ha egli celata cosa alcuna, e mi ha detto che si ha goduto della moglie vostra, ogni volta che voi, coll'esser fuori, gli ne avete dato tempo, e che l'ultima fiata ch'egli è stato con lei, gli ha ella donato quel pannicello da naso, che voi quando la sposaste le deste in dono."[52]

Il Moro ringraziò l'alfieri, e gli parve che se ritrovava che la donna non avesse il pannicello, potesse essere chiaro che così fosse, come gli aveva detto l'alfieri. Per la qual cosa, un giorno dopo desinare, entrato in varii ragionamenti con la donna, le chiese il pannicello.

La infelice, che di questo avea molto temuto, a tal dimanda divenne nel viso tutta fuoco; e per celare il rossore, il quale molto bene notò il Moro, corse alla cassa, e finse di cercarlo; e dopo molto averlo cercato:

---

52 Confronta con Shakespeare Atto quarto, scena prima.

"I don't know. I cannot find it now. Do you have it perhaps?"

"If I had it," he replied, "why would I ask you for it? But you will look for it later, when you have more time."

And having parted from her, he began to think of how he would kill his wife, and Cassio too, but so that he should not be blamed for their deaths.

And thinking of it day and night, it was inevitable that Desdemona should realize that he was no longer the same man he had used to be towards her before.

Many times she said to him:

"What is it that troubles you so? For you used to be the happiest man in all the world, yet now you are the most melancholy that has ever lived."

Othello found various excuses and reasons to give his lady, but she was not at all satisfied.

Even though she knew that no fault of hers could have so disturbed Othello, she wondered nonetheless, if having had his fill of her, he had now become bored.

And sometimes she spoke with Iago's wife, Emilia, and said:

"I do not know what to make of Othello; he used to be full of love towards me, but now, and I am uncertain since when, he has become another."

"And I am anxious that I not become an example to dissuade youth from marrying against the will of their families; and that from me Italian women learn not to take a man, whose nature, whose heaven and whose way of living is different from our own."

"Non so," disse, "com'ora non lo ritrovi; l'avreste voi forse avuto?"

"S'avuto lo avessi," disse egli, "perché te lo chiederei io? ma ne cercherai più agiatamente un'altra volta."

E partitosi cominciò a pensare come dovesse far morire la donna, e insieme il capo di squadra, sì che a lui non fosse data la colpa della sua morte.

E pensando giorno e notte sopra ciò, non poteva fare che la donna non s'avvedesse ch'egli non era quegli, che verso lei per addietro esser soleva.

E gli disse più volte:

"Che cosa avete voi, che così vi turbi? che ove solevate essere il più festoso uomo del mondo, siate ora il più maninconico che viva?"

Trovava il Moro varie cagioni di rispondere alla donna, ma non ne rimaneva ella punto contenta.

E posto ch'ella sapesse che per niuno suo misfatto non dovesse essere così turbato il Moro, dubitava nondimeno che per la troppa copia ch'egli aveva di lei, non gli fosse venuta a noia.

E talora diceva con la moglie dell'alfieri:

"Io non so che mi dica io del Moro; egli soleva essere verso me tutto amore, ora, da non so che pochi giorni in qua, è divenuto un altro."

"E temo molto di non essere io quella che dia esempio alle giovani, di non maritarsi contra il volere de' suoi; a che da me le donne italiane imparino di non si accompagnare con uomo, la cui natura, e il Cielo, e il modo della vita disgiunge da noi."

“But as I know Othello is a close friend of your husband, and that he confides in him, I pray you, if you have heard anything from him, of which you might advise me, that you do not fail to help me.”

And all the while she spoke, she wept ceaselessly.

Emilia knew all. For her husband had wished to use her as a means to bring about Desdemona’s death, but she had never consented. Yet fearing her husband, she did not have the courage to reveal anything to Desdemona.[53] Only this she said to her:

“Be careful that you give your husband no reason to suspect you, and strive by every means that he knows your love and fidelity.”

“That I do,” she replied, “but it does me no good.”

Meanwhile, Othello sought by every means to prove that which he would not have wanted to know, and he begged Iago that he find a means so that he could see the handkerchief in Cassio’s possession, and although it was difficult to the miscreant, he nevertheless promised to employ every device to secure the proof Othello demanded.

As it happened, Cassio kept a woman in his home, Bianca, who made the most marvelous linen embroideries. When she saw the handkerchief, knowing that it belonged to Othello’s wife, before it was returned to Desdemona, she set herself to making one like it. While she was doing so, Iago realised that she was working by a window and that she could be seen by passersby, and so he showed her to Othello. And so Othello concluded beyond any doubt, that the most honest Desdemona was in fact an adulteress, and he agreed with the ensign, to kill both her and Cassio.

---

53 Here again we see Iago’s power over Emilia, who is unable to act independently.

"Ma perché io so che egli è molto amico del vostro marito, e comunica con lui le cose sue, vi prego che, se avete intesa cosa alcuna da lui, della quale mi possiate avvisare, che non mi manchiate di aiuto;"

e tutto ciò le diceva dirottamente piangendo.

La moglie dell'alfieri, che il tutto sapeva (come colei, cui il marito aveva voluta usare per mezzana alla morte della donna, ma non l'aveva ella mai voluto acconsentire, e temendo del marito, non ardiva dirle cosa alcuna),[54] solo le disse:

"Abbiate cura di non dare di voi sospetto al marito, e cercate con ogni studio ch'egli in voi conosca amore e fede."

"Ciò faccio io," disse ella, "ma nulla mi giova."

Il Moro, in questo mezzo tempo, cercava tuttavia di più certificarsi di quello che non avrebbe voluto ritrovare, e pregò l'alfieri, che operasse di modo, che potesse vedere il pannicello in podestà del capo di squadra; e benchè ciò fosse grave al malvagio, gli promise nondimeno di usare ogni diligenza, perché egli di ciò si certificasse.

Aveva il capo di squadra una donna in casa, che maravigliosi trapunti faceva sulla tela di rensa; la quale veggendo quel pannicello, e intendendo ch'era della donna del Moro, e ch'era per esserle reso prima ch'ella l'avesse, si mise a farne uno simile; e mentre ella ciò faceva, s'avvide l'alfieri ch'ella appresso una finestra si stava, e da chi passava per la strada poteva essere veduta; onde fece egli ciò vedere al Moro. Il quale tenne certissimo che l'onestissima donna fosse in fatto adultera, e conchiuse coll'alfieri di uccidere lei ed il capo di squadra.

---

[54] Qui, di nuovo vediamo il potere di Iago su di Emilia, che non ha indipendenza.

ACT FIVE

Plotting between themselves how it ought be done, Othello begged Iago to kill the captain of the squadron, promising that he would be forever in his debt. Iago refused, saying that he did not want to do the deed, which was both evil and very dangerous, for Cassio was as skillful as he was brave, but after much imploring, and having given him a goodly sum of money, Othello induced him to agree that he would attempt the task and try his luck.

This resolution made, one night, when Cassio was coming out of the house of a prostitute, with whom he used to entertain himself and the night being dark, the ensign drew near him with sword in hand, striking a blow at his legs, to make him fall. Iago had managed to slash Cassio's right leg and the poor man toppled. Iago leapt upon him, to finish him off; but Cassio, who was courageous and accustomed both to blood and death, drew his own sword, and wounded as he was, raised it in defense, crying out loudly.

"Murder!"

As there were quite a few soldiers who were lodged nearby, Iago, hearing this and hearing people running, fled, so that he would not be discovered. He then turned round, and pretended that he too was running towards the sound.

ATTO QUINTO

Trattando ambidue tra loro come ciò si devesse fare, lo pregò il Moro ch'egli volesse essere quegli che il capo di squadra uccidesse, promettendo di restargliene obbligato eternamente. E ricusando egli di voler fare cosa tale, come malagevolissima e di molto pericolo, per essere il capo di squadra non meno accorto che valoroso, dopo molto averlo pregato, datagli buona quantità di danari, lo indusse a dire che proverebbe di tentar la fortuna.

Fatta questa risoluzione, uscendo una sera il capo di squadra di casa di una meretrice, colla quale egli si sollazzava, essendo la notte buia, gli si accostò l'alfieri con la spada in mano, e gli dirizzò un colpo alle gambe, per farlo cadere, ed avvenne ch'egli gli tagliò la destra coscia a traverso, onde il misero cadde. Gli fu addosso l'alfieri, per finire di ucciderlo; ma avendo il capo di squadra, che coraggioso era ed avvezzo nel sangue e nelle morti, tratta la spada, e, così ferito come egli era, drizzatosi alla difesa, gridò ad alta voce:

"Io sono assassinato."

Per la qual cosa, sentendo l'alfieri correr gente, e alquanti de' soldati ch'ivi attorno erano alloggiati, si mise a fuggire, per non vi esser colto; e data una volta, fe' vista anch'egli di essere corso a romore.

And approaching among the others, Iago saw the gaping wound on the captain's leg, and judged that, although Cassio still lived, without a doubt he would soon be dead; and even though Iago was delighted, he nonetheless lamented with Cassio, as if Cassio had been his own brother.

The next morning the affair was talked about throughout the entire city, coming also to the ears of Desdemona. She, who was of a loving nature, and without any thought that she might herself come to harm, showed her great distress at such horrible news.

From this, Othello reached the worst of conclusions, and left to find the ensign, and said to him:

"You know, that donkey of my wife is so distressed about Cassio's fate, that she is near out of her wits."

"How could you have ever imagined it would prove otherwise?" replied the ensign, "For he is her very soul."

"Her soul, is he?" replied Othello, "I will tear that soul from her body, for I should not hold myself a man, if I did not remove that harlot from the world."

They then discussed at length, back and forth, as to whether poison or a knife should be employed to kill the lady, and unable settle on either one or the other, Iago said:

"A way has occurred to me, which you will approve, and which no one will suspect; and it is this:

"The house in which you live is very old, and the ceiling of your room has many cracks. Let us take a stocking full of sand and with it beat Desdemona until she is dead, so that no mark of the beating will appear on her at all."

"When she is dead, we will pull down part of the ceiling on top of her, and striking her head, we will pretend that a falling beam struck and killed her."

E ponendosi tra gli altri, vedutagli mozza la gamba, giudicò che se bene non era morto, morirebbe ad ogni modo di quel colpo; e quantunque fosse di ciò lietissimo, si dolse nondimeno col capo di squadra, come s'egli suo fratello fosse stato.

La mattina la cosa si sparse per tutta la città, e andò anco alle orecchie di Disdemona; onde ella, ch'amorevole era, e non pensava ch'indi le devesse avvenir male, mostrò di aver grandissimo dolore di così fatto caso.

Di ciò fece il Moro pessimo concetto, e andò a ritrovare l'alfieri, e gli disse:

"Tu sai bene che l'asina di mia moglie è in tanto affanno per lo caso del capo di squadra, ch'ella è per impazzare."

"E come potevate," disse egli, "pensare altrimenti, essendo colui l'anima sua?"

"Anima sua, eh?" replicò il Moro; io le trarrò ben io l'anima del corpo, che mi terrei non essere uomo, se non togliessi dal mondo questa malvagia."

E discorrendo l'uno con l'altro, se di veleno o di coltello si devea far morir la donna, né accettandosi questo né quello da loro, disse l'alfiero:

"Un modo mi è egli venuto nella mente, che vi sodisfarete, e non se ne avrà sospetto alcuno; ed egli è tale:"

"La casa ove voi state è vecchissima, e il palco della camera vostra ha di molte fessure; voglio che con una calza piena di rena percotiamo Disdemona, tanto ch'ella ne muoia, perché non appaia in lei segno alcuno di battitura."

"Morta che ella sarà, faremo cadere parte del palco, e romperemo il capo alla donna, fingendo che un trave nel cadere rotta gliele abbia ed uccisa,"

"In this way no one at all will suspect you, and everyone will conclude that her death was an accident."

This cruel counsel pleased Othello, and having waited for an opportunity that seemed to him suitable, one night, when he was in bed with Desdemona, having already hidden the ensign in a dressing room, which opened onto their bedroom, Iago, as they had planned, made a sound of some kind in the dressing room. Hearing it, Desdemona immediately said to Othello:

"Did you hear that sound? I heard something."

"Get up," replied Othello, "and see what it is."

The hapless Desdemona rose, and as soon as she neared the dressing room, the ensign leapt out. Being strong and quick, with the sand filled stocking in his hand, he gave her a cruel blow in the middle of her back. Immediately, the lady fell, unable even to draw breath. But with what little breath she had left to her, she cried out to Othello to help her.

He, also having risen from the bed, replied:

"You evil woman! Receive the reward of your dishonesty. So are those dealt with, who pretending to love their husbands, make cuckolds of them."

"e a questo modo non sarà persona che di voi pigli sospetto alcuno, stimando ognuno la sua morte essere venuta a caso."

Piacque al Moro il crudel consiglio; ed aspettato il tempo che convenevole gli parve, essendo egli una notte con lei nel letto, ed avendo già nascosto l'alfieri in un camerino, che nella camera entrava, l'alfiero, secondo l'ordine tra loro dato, fe' non so che strepito nel camerino, e sentitolo, subitamente disse il Moro alla moglie:

"Hai tu sentito quello strepito? Hollo sentito," disse ella.

"Levati," soggiunse il Moro "e vedi che cosa è."

Levossi l'infelice Disdemona, e tosto ch'ella fu appresso il camerino, n'uscì l'alfieri, il quale essendo forte e di buon nerbo, colla calza, che in punto aveva, le diede una crudel percossa, nel mezzo della schiena, onde la donna subito cadde, senza poter trarne appena fuori il fiato. Ma con quella poca voce che potè avere, chiamò il Moro che l'aiutasse.

Egli, uscito dal letto, le disse:

"Sceleratissima donna, la mercede hai della tua disonestà; così si trattano quelle che, fingendo di amare i loro mariti, pongono loro le corna in capo."

The poor woman, hearing this, and feeling that the end was near (for the ensign had given her another blow), cried out to the justice of heaven as witness to her innocence, for the world had none. And as she cried out to God to help her, the wicked ensign brought down his third blow, thus ending her life.[55]

Then they laid out her body on the bed and fractured her skull. Following which Iago and Othello did as they had planned, pulling down the ceiling of the room. Othello then began to call out for help, shouting that the house was falling. At this sound, the neighbors came running, and removing the fallen ceiling, underneath the beams, they found the lady dead.

The sad case deeply affected all, for the lady's virtuous life was well known. The next day, Desdemona was buried, to the universal mourning of the people. But it was not the will of God, just observer of all souls, that so great an evil should go unpunished.

Thus, as Othello had loved Desdemona more than life itself, in her absence, he began to feel a great longing for her. It drove him mad, and he began looking for her throughout the house. He began to wonder if the ensign had been the reason that he lost the sweet life he and Desdemona had shared. From these thoughts, he began to hold the villain in such hatred, that he could not bear to the sight of him. If he had not feared the stern justice of the Venetian lords, he would have killed him openly.

---

55 We may note that the opening summary printed with the novella (and indeed the preceding frame story) say that Desdemona was killed by her husband, or received death from him. We see at this point of the narrative that Iago is the one who kills Desdemona. Othello is Iago's dupe, willing accomplice and 'sponsor' of the murder but does not kill her himself. Iago, as we have been told, has his own reasons for wanting to kill Desdemona. Here, he directly realises his wish.

La misera donna, ciò udendo, e sentendosi giunta al fine (però che l'alfiero un altro colpo dato le avea), disse, che in testimonio della sua fede, ella chiamava la giustizia divina, poiché quella del mondo veniva meno; e chiamando ella Iddio che l'aiutasse, sopraggiungendo la terza percossa, rimase uccisa dell'empio alfieri.[56]

Poscia messala nel letto, e spezzatale la testa, fecero egli e il Moro cadere, come avevano ordinato fra loro, il palco della camera, e cominciò il Moro a chiamare soccorso, che la casa cadeva; alla voce del quale corsono i vicini, e scoperto il tetto, trovarono la donna sotto le travi morta.

La qual cosa, per la buona vita della donna, increbbe ad ognuno. Il giorno seguente fu Disdemona seppellita, con universal dolore di quel popolo. Ma non volle Iddio, giusto riguardatore degli animi altrui, che così gran sceleraggine se ne rimanesse senza la dicevole pena.

Imperocchè il Moro, che la donna aveva amata più che gli occhi suoi, veggendosene privo, cominciò ad avere tanto desiderio di lei, che l'andava, come fuori di sé, cercando per tutti i luoghi della casa; e considerando tra sé che l'alfieri era stato cagione ch'egli avesse perduto colla sua donna tutto il dolce della vita, e anco se medesimo, gli venne lo scelerato in tanto odio, che non aveva occhio col quale vederlo potesse; e se non avesse avuto timore della inviolabile giustizia de' signori veneziani, l'avrebbe palesemente ucciso.

---

[56] Possiamo notare che nel riassunto iniziale stampato con la novella (e anche nella cornice narrativa precedente) si dice che Desdemona fu uccisa da suo marito, o che ha ricevuto morte da lui. Però vediamo a questo punto che Iago è colui che assassina Desdemona. Otello è ingannato da Iago, è suo complice volontario e 'mecenate' dell'omicidio, ma non è lui ad uccidere Desdemona. Iago, come è già stato spiegato, ha le sue ragioni particolari per volerla uccidere. Qui realizza quel desiderio.

Not being able to do this, instead, he deprived Iago of his rank and no longer wanted him in his company. From this arose an enmity between one and the other, so bitter that no deeper hatred may be imagined. Then Iago, more wicked than the worst, turned his thoughts to harming Othello. Going to Cassio, who had in the meantime recovered, and who because of his injury now hobbled on a wooden leg, said to him:

"The time has come that you can take vengeance for your injury; and if you come with me to Venice, I will tell you who the villain was. But here I do not dare tell you for many reasons. And I will give testimony for you, before the judges."

The captain of the squadron, who had been greatly injured, and knew not the reason, thanked Iago and together they went to Venice. Once there, Iago told him that Othello was the one who had cut his leg, for a belief had been born in his head that Cassio had slept with Desdemona. For the same reason, Othello had also killed Desdemona, and then pretended that the ceiling had fallen on her.

Cassio, having heard this, denounced Othello before the Signoria; both for the injury to his leg and for the death of Desdemona. He put forward Iago as witness, who testified that both one and the other were true, for Othello had told him all, and had tried to persuade him to perform both these evil deeds, and having later killed his wife, from a brutal jealousy which had been entered in his head, he had revealed to him the manner in which he had put her to death.

The Lords of Venice, having heard the cruelty practiced by the barbarian on one of their own citizens, had the moor arrested in Cyprus and had him brought back to Venice. With many tortures, they sought to draw out the truth. But resisting every torture with valorous spirit, he remained unbroken and continued his denials, so that nothing could be drawn from him.

Ma non potendo far questo, con sua salvezza, gli levò la insegna, e più nol volle nella compagnia; onde nacque tanto aspra nimicizia tra l'uno e l'altro, che non si potrebbe imaginare la maggiore né la più grave. Per la qual cosa l'alfiero, peggiore di tutti gli scelerati, voltò tutto il pensiero a' danni del Moro, e ritrovato il capo di squadra, che già era risanato, e con una gamba di legno se n'andava invece della tagliata, gli disse:

"Venuto è il tempo che tu possi far vendetta della tua tagliata gamba; e quando tu voglia venire con esso meco a Venezia, io ti dirò chi è stato il malfattore, che qui non ardirei di dirloti, per molti rispetti; ed io ne farò per te testimonio in giudicio."

Il capo di squadra, che si ritrovava fieramente offeso, e non sapeva perché, ringraziò l'alfieri, e seco a Venezia se ne venne. Ove giunti che furono, gli disse che il Moro era stato quegli che gli avea tagliata la gamba, per opinione che gli era nata nella testa, ch'egli si giacesse con Disdemona; e che, per questa medesima cagione, egli aveva uccisa lei, e poscia data voce che il palco caduto uccisa l'avesse.

Il capo di squadra, inteso ciò, accusò il Moro alla signoria, e della gamba a lui tagliata, e della morte della donna, e indusse per testimonio l'alfieri, il quale disse che l'uno e l'altro era vero, perché il Moro avea il tutto comunicato seco, e l'aveva voluto indurre a fare l'uno e l'altro maleficio; e che avendo poscia uccisa la moglie, per bestial gelosia che gli era nata nel capo, gli avea narrata la maniera ch'egli avea tenuto in darle morte.

I signori veneziani, intesa la crudeltà usata dal barbaro in una lor cittadina, fecero dar delle mani addosso al Moro in Cipri, e condurlo a Venezia, e con molti tormenti cercarono di ritrovare il vero. Ma vincendo egli, col valore dell'animo, ogni martorio, il tutto negò così costantemente, che non se ne potè mai trarre cosa alcuna.

Yet, even if by his steadfastness, he evaded the death penalty, after many days in the prison, he did not escape a sentence of perpetual exile, during which he was eventually slain by Desdemona's relatives, as he well deserved.

Iago fled to his homeland, and unable to change his habits, he brought an accusation against one of his companions, claiming that he had sought him out to help him kill an enemy, who was a gentleman. For which reason his companion was seized and put to torture. Yet, as he denied all that his accuser had said of him, Iago was himself also put to torture to discover the truth. He was so misused that he sustained internal injuries and after leaving the prison, he was taken back to his home, where he died a miserable death. So God took vengeance for the innocent Desdemona.

After Iago's death, Emilia revealed the story. For she knew it all, and I have now narrated it to you.[57]

---

[57] This comment presents Emilia as the narrator of the story, who is finally emancipated by Iago's death. In Shakespeare's play, she does not know she is being used to destroy Othello, and reveals Iago's plot in the final scene of play.

Ma sebbene, per la sua constanza, egli schifò la morte, non fu però che, dopo le essere stato molti giorni in prigione, non fosse dannato a perpetuo esilio, nel quale finalmente fu da' parenti della donna, come egli meritava, ucciso.

Andò l'alfieri alla sua patria, e non volendo egli mancare del suo costume, accusò un suo compagno, dicendo ch'egli ricercato l'avea di ammazzare un suo nimico, che gentiluomo era; per la qual cosa fu preso colui e messo al martorio. E negando egli esser vero quanto dicea l'accusatore, fu messo al martorio anco l'alfieri per paragone; ove fu talmente collato, che gli si corroppero le interiora, onde, uscito di prigione, e condotto a casa, miseramente se ne morì: tal fece Iddio vendetta della innocenza di Disdemona. E tutto questo successo narrò la moglie dell'alfieri, del fatto consapevole, poi ch'egli fu morto, come io lo vi ho narrato.[58]

---

[58] Questa osservazione ci presenta Emilia come il narratore del racconto, finalmente emancipata dalla morte di Iago. Nel dramma di Shakespeare, non sa che Iago la sta usando per distruggere Otello, e lei stessa rivela il complotto di Iago nella scena finale del dramma.

EPILOGUE

It seemed astonishing to all, that so much malice could be found in a human heart, and the case of the unfortunate lady was lamented, the company blaming her father, who had given her such a name of ill omen.

They were all agreed that a name, being the first gift that the father gives his child, ought be one that is both admirable and good omened, so that both good fortune and greatness should find the child.

No less was Othello censured for having been so credulous. But all praised God that the malefactors received their just punishment.

And as it was now Virginia's turn to tell her story, she looked to Fulvia and said:

"If the topic, Fulvia,[59] gave you reason – and rightly so – to grieve, we should nonetheless take comfort, that even to this day, men more often than women are found to be unfaithful. With a brief and pleasing story, I intend to show you the wisdom of a woman, who having discovered the infidelity of her husband, without saying a word to him, and with great foresight, ensured that such a thing would never happen again."

* * *

59 Fulvia, in the frame story, often appears as an advocate for women, hence she is particularly grieved by Desdemona's story.

EPILOGO

Parve, maravigliosa cosa ad ognuno, che tanta malignità si fosse ritrovata in uman cuore, e fu piantò il caso della misera donna, biasimando il padre, che le avesse posto nome d'infelice augurio.

E sì determinò tra la brigata, che essendo il nome il primo dono che dà il padre al figliuolo, dovrebbe imporgliele e magnifico e fortunato, come che bene e grandezza così gli volesse indovinare.

Né meno fu biasimato il Moro, che troppo follemente avesse creduto. Ma lodarono tutti Iddio, che i malfattori ne avessero avuto degno gastigo.

E devendo Virginia la sua novella raccontare, voltatasi verso Fulvia, disse:

"Se la materia proposta vi die, Fulvia,[60] cagione, e ragionevolmente, di dolervi, in tanto debbiamo essere tutte liete, che insino ad ora si sono trovati più uomini che donne essere mancati di fede; ed io, con una piccola e piacevole novella, intendo di mostrare la prudenza di una cortese donna la quale avendo ritrovato il marito romperele la fede, senza dir parola al marito, provide con molta prudenza, che più tal cosa non avvenisse."

* * *

60 Fulvia, nella cornice narrativa, spesso appare come avvocata per le donne, perciò è particolarmente colpita dal racconto di Desdemona.

Afterword

It is hard not to be disturbed by this tale, for it is horrific at many levels. Through Desdemona's eyes, we see an initial world of bliss fall to brutal doom. It is a doom she is unable to avert. Nor is it random. Iago, an enemy who loathed her, but whose hatred she never saw, plotted it. He sought to destroy her and all that was dear to her. We see the tale primarily through her eyes. Her world is full of misogynist attitudes and racial undertones.

Cinthio's tale is one of the darkest and most disturbing of the Italian novellas to appear in a Shakespeare play. This Afterword explores some of the issues that this work raises.

First we will highlight some of the key plot changes between the versions. Next, we explore the themes of gendered violence and racism. These themes, of course, still make the story of Othello (whether in Cinthio or Shakespeare's versions) significant today.

Finally, the differences between Cinthio's tale and Shakespeare's play lead us to a broader reflection on Shakespeare and his work.

Both the beginning and the end of Cinthio and Shakespeare's stories are different. As noted in the Introduction, Shakespeare begins his play with Iago's malevolent (and racist or racialised) plotting. His hatred for Othello is immediately on display and is the heart of the play.

Postfazione

È difficile non rimanere inorriditi da questo racconto, perché è orribile su tanti livelli. Tramite gli occhi di Desdemona, vediamo il suo mondo iniziale di beatitudine cadere in un destino brutale. Non è casuale. Iago, un nemico che la odiava, ma che lei non vide mai, complottava la sua rovina. Cercava di distruggere lei e tutto quello che amava. Vediamo il racconto principalmente dagli occhi di Desdemona. Il suo mondo è pieno di misoginia e sfumature razziste.

Il racconto di Cinzio è uno dei più cupi e sconvolgenti delle novelle italiane che compaiano nei drammi di Shakespeare. Questa Postfazione esplora le questioni che quest'opera suscita.

Innanzitutto cercheremo di evidenziare alcuni cambiamenti cruciali tra le due opere. Poi, esploreremo i temi della violenza di genere e del razzismo. Questi temi, ovviamente, ancora oggi, rendono la storia di Otello significativa, sia nella versione di Cinzio che in quella di Shakespeare.

Finalmente, le differenze tra il racconto di Cinzio e il dramma di Shakespeare ci portano a una più ampia riflessione su Shakespeare e le sue opere.

Sia il principio che la fine delle versioni di Cinzio e Shakespeare sono diverse. Come accennato nell'Introduzione, Shakespeare comincia il suo dramma con la malevolenza di Iago, e il suo complotto razzista. Il suo odio per Otello si vede dall'inizio ed è il cuore del dramma.

Cinthio begins with Othello's success as a military leader and the marital bliss that he and Desdemona share in Venice. Only after they move to Cyprus do their troubles begin. Shakespeare's beginning enhances the drama. We don't have to wait to understand the play's stakes.[61]

In Shakespeare, jealousy of Cassio motivates Iago. Othello has promoted Cassio instead of Iago. This is one reason for Iago's desire to destroy Othello. This critical plot change shifts the story's attention from Desdemona to Othello. Her destruction is no longer at the heart of the story.

At the end of Shakespeare's play, Othello struggles and rationalises what he is about to do. Nonetheless, he himself murders Desdemona. In Cinthio, Desdemona's end is simply a criminal and brutal murder. Notably, Iago kills her, while Othello approves and watches on. There is no poetry, no last minute hesitation, no flawed nobility. Just a brutal murder.

Also in the novella, Iago only comes to hate Othello after Desdemona's death. Othello is overcome by remorse for the murder. He begins to suspect that Iago was to blame for destroying his happiness. No longer able to stand the sight of him, Othello demotes him.

Iago, using Cassio as a new dupe, then betrays Othello. He and Cassio together denounce Othello to the Venetian authorities.

While much of the plot remains the same, other changes are notable.

---

61 Shakespeare makes a similar change at the beginning of his *Romeo and Juliet*. The opening scene begins with a street battle, showing us the Montague and Capulet violence.

Cinzio comincia con il successo di Otello come capo militare e la beatitudine che lui e Desdemona condividono nel loro matrimonio mentre sono a Venezia. I loro guai iniziano solo dopo che si spostano a Cipro. Il modo in cui Shakespeare comincia, accresce la forza del dramma. Non dobbiamo aspettare per capire la posta che è in gioco.[62]

In Shakespeare, l'invidia per Cassio è ciò che motiva Iago. Otello ha promosso Cassio, ma non Iago. Questo fa nascere il desiderio di Iago di distruggere Otello. Questo cambiamento critico della trama sposta l'attenzione del dramma da Desdemona a Otello. La distruzione di lei non è più il cuore della storia. Alla fine del dramma di Shakespeare, Otello lotta con sé stesso, cerca di giustificare il delitto che sta per commettere. Nondimeno lui stesso assassina Desdemona. In Cinzio, la fine di Desdemona è semplicemente un omicidio criminale e brutale. È da notare che sia Iago ad ucciderla, mentre Otello guarda con approvazione. Non c'è nulla di poetico, nessun ultimo momento di esitazione, nessuna nobiltà fallata. Solo un brutale omicidio.

Nella novella, Iago arriva ad odiare Otello solo dopo la morte di Desdemona. Otello è sopraffatto dal rimorso per l'omicidio. Comincia a sospettare che Iago sia il colpevole per la distruzione della sua felicità. Non potendo più vederlo, Otello lo ha degradato. Iago, che utilizza Cassio come sua nuova vittima da ingannare, poi tradisce Otello. Lui e Cassio denunciano insieme Otello alle autorità veneziane.

Sebbene molte parti della trama rimangano uguali, ci sono altri cambiamenti da notare.

---

62 Shakespeare fa simili cambiamenti all'inizio del suo *Romeo and Juliet*. La prima scena comincia con una battaglia per strada, dimostrando la violenza tra i Montecchi e Cappelletti.

As mentioned in the Introduction, Iago has an alter ego, Roderigo. Shakespeare transfers Iago's lascivious desires for Desdemona to this new character. Shakespeare transfers other elements of Cinthio's Iago to Roderigo. Where in Cinthio, Iago acts alone, in Shakespeare, Iago may manipulate Roderigo to carry out the act.

Shakespeare greatly expands the first Act of the play. In it, he introduces Desdemona's father, Brabantio, who does not appear in the novella.

We will return to some of these changes as we consider issues of misogyny and racism in the two texts.

In the Introduction, we discussed Shakespeare's use of Italian phrases from Cinthio's text. A particular example is his use of 'ocular proof' - a phrase which corresponds only to the following sentence in Cinthio's Italian text:

"se non mi fai, ... vedere cogli occhi quello che detto mi hai,"

Using Shakespeare's 'ocular proof' we may render this in English as follows:

"... if you do not give me ocular proof of what you have told me ..."[63]

Another example cited by Mario Praz are the parallels between words Shakespeare gives Iago and the opening Italian of Cinthio's tale.

---

63 Adams, Maurianne S. "'Ocular Proof' in Othello and Its Source." *PMLA* 79, no. 3 (1964): 234-41. https://doi.org/10.2307/461024.

Come accennato nell'Introduzione, Iago ha un alter ego, Roderigo. Shakespeare trasferisce i desideri lascivi di Iago per Desdemona a questo nuovo personaggio. Trasferisce altri aspetti dello Iago di Cinzio a Roderigo. Dove in Cinzio, Iago agisce da solo, in Shakespeare, Iago riesce a manipolare Roderigo a compiere il delitto.

Shakespeare amplia il primo atto del dramma significativamente. Introduce il personaggio di Brabantio, il padre di Desdemona, che non si trova nella novella.

Ritorneremo in seguito a questi cambiamenti quando esamineremo questioni di misoginia e razzismo nei due testi.

Nell'Introduzione abbiamo visto che Shakespeare usa frasi italiane dal testo di Cinzio. Un esempio notevole è il suo uso di 'ocular proof' - una frase che corrisponde solo alla seguente frase nel testo italiano di Cinzio.

"se non mi fai, ... vedere cogli occhi quello che detto mi hai,"

Se adoperiamo la frase 'ocular proof' di Shakespeare, questo si può rendere come:

"... if you do not give me ocular proof of what you have told me ..."[64]

Un altro esempio citato da Mario Praz sono i parallelismi fra le parole che Shakespeare dà al Iago e il principio italiano del racconto di Cinzio.

[64] Adams, Maurianne S. "'Ocular Proof' in Othello and Its Source." *PMLA* 79, no. 3 (1964): 234-41. https://doi.org/10.2307/461024.

"Iago ... utters words (IV. i. 46-8) which echo almost literally the moral of Cinthio's story ('Thus credulous fools are caught:/ and many worthy and chaste dames even thus,/ all guiltless, meet reproach': 'Aviene talhora che senza colpa, fedele et amorevole donna per insidie tesele da animo malvagio, et per leggierezza di chi piu crede che non bisognerebbe, da fedel marito riceve morte')."[65]

As we shall see below, Cinthio was being translated into English in England (or Ireland) already by the 1580s. It was therefore present in England from at least that period.

Writers (and dramatists) are of course not limited to one source. Although the primary source of Shakespeare's *Othello* was Cinthio's tale, he also drew on other sources.

Bullough suggests a Bandello novella which appears as the fourth in Geoffrey Fenton's *Certaine Tragicall Discourses* (1567) as one additional source. It was translated from Belleforest's *Histories Tragiques* (1561), with the possibility that Shakespeare drew also on Bandello's Italian text.[66]

Another potential source which explains the historical details of the defeat of a Turkish fleet is *The General History of the Turkes,* by Richard Knowles (1603), also noted by Bullough.[67]

---

65 Praz, Mario. "Shakespeare and Italy." Sydney Studies in English 3 (1977), p 10

66 See Bullough, Geoffrey, ed. Narrative and dramatic sources of Shakespeare. Vol. 7. Columbia University Press, 1975, pp 202-204. See also Porter, Joseph A. "Belleforest's 'Vn Esclaue More' and Othello." *Shakespeare Quarterly* 47, no. 2 (1996): 194-96. https://doi.org/10.2307/2871103

67 Ibid, pp 262-265.

"Iago ... pronuncia parole (IV. I. 46-8) che echeggiano quasi letteralmente la morale del racconto di Cinzio (Così sono sciocchi incappati:/ e anche così tante donne caste e degne, / senza colpa, incontrano rimprovero': 'Aviene talhora che senza colpa, fedele et amorevole donna per insidie tesele da animo malvagio, et per leggierezza di chi piu crede che non bisognerebbe, da fedel marito riceve morte')."[68]

Come vedremo in seguito, Cinzio era già stato tradotto in lingua inglese in Inghilterra (o in Irlanda) negli anni ottanta del cinquecento. Le sue opere erano presenti in Inghilterra almeno da quel tempo.

Scrittori (e drammaturghi) non si limitano ad una sola fonte. Sebbene la fonte principale dell'*Otello* di Shakespeare sia stata la novella di Cinzio, egli ha anche preso da altre fonti.

Bullough suggerisce una novella di Bandello che si trova come quarta novella nel *Certaine Tragicall Discourses (1567) (Certi discorsi tragici)* di Geoffrey Fenton come un'altra fonte. Fu tradotta dalle *Histoires Tragiques* (1561) di Belleforest, con la possibilità che Shakespeare abbia tratto anche dal testo italiano di Bandello.[69]

Un'altra fonte potenziale che spiega i dettagli storici della sconfitta della flotta turca è *The General History of the Turkes (La storia generale dei turchi)* di Richard Knowles (1603), come nota Bullough.[70]

---

68 Praz, Mario. "Shakespeare and Italy." Sydney Studies in English 3 (1977), p 10

69 Si veda Bullough, Geoffrey, ed. Narrative and dramatic sources of Shakespeare. Vol. 7. Columbia University Press, 1975., pp 202-204. Si veda anche Porter, Joseph A. "Belleforest's 'Vn Esclaue More' and Othello." *Shakespeare Quarterly* 47, no. 2 (1996): 194-96. https://doi.org/10.2307/2871103

70 Ibid, pp 262-265.

Details in the play about the workings of the Venetian government appear to have come from Contarini's *The Commonwealth and Government of Venice* (1599).

A suggested source for how Shakespeare portrays Othello's personal history and 'moorish' character is Leo Africanus' *Geographical Historie of Africa* (1600), which was also available in earlier Italian editions.[71]

Graves finds another source, which he describes as 'major.' This source is Sir Thomas North's translation of Plutarch's *Life of Cato Utican*. In *Utican* (although set in ancient times), as in Shakespeare's play, the characters are sent to Cyprus, not in a routine change of personnel (as in Cinthio), but because of a war. Further in *Utican,* we also find a professional jealousy of the kind that Iago cites against Cassio and Othello. At one point Cassio is labelled 'Roman' by Othello, also suggesting the *Utican* context.[72] Sir Thomas North's significance is explored later in this Afterword.

When we think about social issues in Othello, issues of racism tend to dominate, yet as Celia Daileader observes:

> *"Before black men were lynched for alleged sex with white women, white women were burned alive for alleged sex with a devil described as black."*[73]

---

[71] Whitney, Lois. "Did Shakespeare Know Leo Africanus?" *PMLA*, vol. 37, no. 3, 1922, pp. 470-83. *JSTOR*, https://doi.org/10.2307/457156. Accessed 3 Feb. 2024.

[72] Graves, Wallace. "Plutarch's Life of Cato Utican as a Major Source of Othello." *Shakespeare Quarterly* 24.2 (1973): 181-187.

[73] Daileader, Celia R. Racism, misogyny, and the Othello myth: Inter-racial couples from Shakespeare to Spike Lee. Cambridge University Press, 2005, p 1.

Dettagli nel dramma sulle funzioni del governo veneziano sembrano aver avuto origine da *The Commonwealth and Government of Venice* (1599).

Una fonte suggerita per come Shakespeare rappresenta la storia personale di Otello e il suo carattere 'moresco' è dalla *Geographical Historia of Africa (1600)* di Leo Africano, che era disponibile anche in edizioni precedenti italiane.[74]

Graves trova un'altra fonte, che ritiene essere 'importante'. Questa è la traduzione di Sir Thomas North del *Life of Cato Utican (La vita di Cato Uticense)* di Plutarco. Nel *Utican* (sebbene ambientato in epoca antica), come nel dramma di Shakespeare, i personaggi sono spediti a Cipro non come sostituzione regolare di personale (come in Cinzio), ma per ragioni di guerra. In più in *Utican,* troviamo una gelosia professionale come quella che Iago mantiene contro Cassio e Otello. A un certo punto Cassio è definito 'romano' da Otello, suggerendo di nuovo il contesto dell'*Utican.*[75] L'importanza di Sir Thomas North è discussa in seguito in questa Postfazione.

Quando pensiamo ai temi sociali dell'*Otello,* le questioni sul razzismo sono dominanti, tuttavia come osserva Celia Daileader:

> *"Prima che gli uomini neri fossero linciati per sospetti rapporti con donne bianche, le donne bianche erano bruciate vive per sospetti rapporti con il diavolo, che era descritto di colore nero."*[76]

---

[74] Whitney, Lois. "Did Shakespeare Know Leo Africanus?" *PMLA*, vol. 37, no. 3, 1922, pp. 470-83. *JSTOR*, https://doi.org/10.2307/457156. Accesso 3 feb. 2024.

[75] Graves, Wallace. "Plutarch's Life of Cato Utican as a Major Source of Othello." *Shakespeare Quarterly* 24.2 (1973): 181-187.

[76] Daileader, Celia R. Racism, misogyny, and the Othello myth: Inter-racial couples from Shakespeare to Spike Lee. Cambridge University Press, 2005, p 1.

She writes that she returns to *Othello* again and again, despite herself. The recollection of a single comment by one of her undergraduate students underlines why:

*"If **my** wife cheated on me, **I'd** kill her."*

A similar sentiment is expressed by the characters in Cinthio's frame tale which introduces Desdemona's story, as we have seen.

Misogyny, Daileader powerfully reminds us, is as much a part of the *Othello* story as racism: the story is about a woman killed because of who she has had or alleged to have had sex with.[77] Indeed, Daileader sees Othello and Desdemona as a dyad. Both of their names contain references to the demonic: 'hell', 'demon.' Their sexual congress as portrayed in *Othello* is animalistic: 'the beast with two backs.'[78]

The early modern period, or the Renaissance, is certainly not one free of gender oppression. It was a patriarchal time and misogynist thinking is easily found in the literature.[79] It was a time when the persecution of women as 'witches' was coming to its apex. John Knox, a leading Protestant could pen "*The first blast of the Trumpet against the monstrous regiment of women*" (1558); a misogynist diatribe against female rulers (which made him unwelcome in Elizabeth's England). Catholic males were no less likely to pen misogynist tracts.

---

[77] Ibid, p 1-2

[78] Ibid, pp 18-22

[79] For an overview see Maclean, Ian. "The Renaissance Notion of Woman: A Study in the Fortunes of Scholasticism and Medical Science in European Intellectual Life." *Cambridge UP* (1980).

Daileader scrive che ritorna a *Otello* più volte, suo malgrado. Il ricordo di un singolo commento da uno dei suoi studenti universitari sottolinea perché:

"Se ***mia*** *moglie mi mettesse le corna,* ***io*** *la ucciderei."*

Un sentimento simile è espresso dai personaggi nella cornice narrativa di Cinzio che introduce la storia di Desdemona, come abbiamo visto.

La misoginia, Daileader ci ricorda fortemente, fa parte della storia di *Otello* almeno quanto il razzismo: il racconto tratta di una donna uccisa a causa della persona con cui ha avuto, o si presume abbia avuto rapporti sessuali.[80] Anzi, Daileader vede Otello e Desdemona come una diade. Entrambi i loro nomi contengono allusioni al mondo demonico: 'hell', 'demon.' I loro atti sessuali sono rappresentati in *Otello* come animaleschi: 'la bestia con due dorsi'.

Il principio dell'epoca moderna, o il Rinascimento, non è certo libero dall'oppressione di genere. Trattandosi di un epoca patriarcale, è facile trovare pensieri misogini nella sua letteratura.[81] In quest'epoca la persecuzione delle donne considerate 'streghe' stava arrivando al suo apice. John Knox, un protestante importante si è sentito libero di scrivere "*Il primo squillo della tromba contro il mostruoso reggimento delle donne.*" (1558); una diatriba misogina contro il governo delle regine (che lo ha poi reso non gradito nell'Inghilterra elisabettiana). Gli uomini cattolici non erano da meno quando si trattava di scrivere testi misogini.

---

80 Ibid, p 1-2

81 Per una visione d'insieme si veda Maclean, Ian. "The Renaissance Notion of Woman: A Study in the Fortunes of Scholasticism and Medical Science in European Intellectual Life." *Cambridge UP* (1980).

There were many voices seeking to keep '*women in their place,*' and as in *Othello,* to assert control over their bodies.

Yet, as we shall see below, this is not all that can be said of this era. How the history of the period is written has also been rendered more masculine than the reality. For a long time, only the names of males were associated with the creativity of the Renaissance, despite the wealth of female achievement in the era. Most importantly, for literature, it was an era in which conversations about gender were coming to the fore, even if some of those ideas had ancient precedents.

Both Ancient Greek (certainly the Athenian) and Roman societies were profoundly patriarchal. Women in Ancient Greece (presumably excluding the poor) were confined to the domestic sphere. They did not enjoy the 'democratic' freedoms and rights of their brothers, fathers and husbands. The ancient Roman '*pater familias,*' the male head of the family, had the power of life and death over female members of the family. One Ancient Greek play, *Lysistrata,* involves a sex strike by the women of Athens. They were protesting for peace during the Peloponnesian war. It is an example of female agency, although the story is told by a male for a male audience.

As well as these ancient cultures, the Christian culture of the post pagan era also placed women in a subordinate role. In Christian doctrine, women were subordinate to their husbands. Further that doctrine held women responsible for the 'original sin.'

C'erano tante voci che cercavano di tenere le donne '*al loro posto*', e come in *Otello,* di asserire il controllo sui loro corpi.

Tuttavia, come vedremo in seguito, questo non è tutto quello che si può dire riguardo a questa epoca. Anche il modo in cui la storia di questo periodo è stata tramandata, l'ha resa più maschile di come era in realtà. A lungo, solamente nomi maschili sono stati associati alla creatività del Rinascimento, nonostante la ricchezza di successi femminili dell'epoca. Sopratutto per la letteratura, sti trattava di un'epoca in cui le discussioni di genere venivano alla ribalta, anche se alcune di queste idee avevano precedenti antichi.

Entrambe le società degli antichi greci (certamente gli atenei) e dei romani furono profondamente patriarcali. Le donne nella Grecia antica (presumibilmente escluse le povere) erano ristrette nell'ambito familiare. Non godevano le libertà democratiche né i diritti dei loro fratelli, padri e mariti. Il *pater familias,* dei romani, il capo famiglia, aveva potere di vita e di morte sui membri femminili della famiglia. Un dramma della Grecia antica, *Lisistrata,* tratta di uno sciopero del sesso da parte delle donne di Atene. Protestavano per la pace durante la Guerra del Peloponneso. È un esempio di azione femminile, anche se la storia è raccontata da un uomo per un pubblico maschile.

Oltre a queste culture antiche, anche la cultura Cristiana dopo l'epoca pagana situava la donna in una posizione subordinata. Nella dottrina Cristiana, le donne erano sotto il comando dei loro mariti. Inoltre, quella dottrina considerava la donna responsabile per il 'peccato originale.'

Despite this less than promising context, the Renaissance was a fertile period in which the status of women was debated and advanced, including in poetry and fictional prose. As early as 1405, Christine de Pizan, a native of the Bologna region who became a member of the French court, wrote *The City of Women,* a celebration of female achievement over the centuries. She herself, became a noted writer and commentator.

Although written out of history until more recent times, women in the Renaissance were achieving numerous 'firsts' (at least for Europe). In Italy, women were counted among poets, writers, painters and actors including figures such as Laura Terracina, Isabella di Morra, Vittoria Colonna, Artemisia Gentileschi, Fede Galizia, Margherita Costa and many others.

Turning to literature, Dante, in the first circle of his hell, tells the story of Francesca whose sin was illicit love. She and her lover were slain by her husband. However that husband was himself more severely punished for his worse sin of violence in a deeper circle of hell.

Boccaccio's collection of stories, although giving his female characters 'voice' also included misogynistic tales. Renaissance literature, in fact, became a place for questioning the relationship between the sexes. Ariosto's *Orlando Furioso* starts as a tale in which a woman is literally fleeing for her life from an 'enraged' and crazed man: Orlando. He is determined to have her. Yet the epic poem includes passages which condemn violence against women.

Those passages were later taken by Laura Terracina to pen an even more biting condemnation of violence against women. In the generation after Ariosto, Terracina became the most published Italian poet of her era. She responded to Ariosto's verses, sharpening them further against gendered violence.

Nonostante questo contesto poco promettente, il Rinascimento fu un periodo fecondo, in cui lo stato della donna venne discusso e avanzato, sia nella poesia che nella prosa narrativa. Già nel 1405, Cristina de Pizan, una nativa del bolognese, diventò un membro della corte francese. Scrisse *La città delle donne*, una celebrazione del successo femminile attraverso i secoli. Ella stessa diventò una scrittrice e commentatrice nota.

Anche se cancellate dalla storia fino ai tempi più recenti, le donne del Rinascimento ottennero per la prima volta tanti successi (almeno per quanto riguarda l'Europa). In Italia le donne figuravano come poeti, scrittori, pittori, attori, includendo personaggi come Laura Terracina, Isabella di Morra, Vittoria Colonna, Artemisia Gentileschi, Fede Galizia, Margherita Costa e molte altre.

Se consideriamo la letteratura, Dante, nel primo cerchio del suo inferno, racconta la storia di Francesca, il cui peccato era l'amore illecito. Lei e il suo amante furono uccisi da suo marito. Tuttavia il marito fu punito più severamente per il suo peccato in un cerchio più profondo dell'inferno. Boccaccio, anche se dà ai suoi personaggi femminili 'voce,' nondimeno racconta storie misogine. La letteratura rinascimentale, infatti, diventò un luogo per mettere in questione i rapporti fra i generi. L'*Orlando Furioso* di Ariosto inizia con la storia di una donna, che letteralmente deve scappare per salvarsi da un uomo 'furibondo' ed impazzito: Orlando è deciso ad averla. Tuttavia, questo poema epico include brani che condannano la violenza contro le donne.

Quei brani vennero ripresi da Laura Terracina per scrivere condanne alla violenza contro le donne ancora più pungenti. Nella generazione dopo di Ariosto, Terracina diventò la poetessa più pubblicata (anche tra gli uomini) della sua epoca. Ella rispose alle strofe di Ariosto, affilandole di più contro la violenza sulle donne.

"Envy's arrow has deeply pierced your heart,
That with such vileness you do treat woman.
Against the female, male does war not wage,
In all the other creatures of the Earth.

O enemy of heaven, and of nature,
How dare you raise your hand,
Against so young and beautiful a vision,
Whence comes this, your so perverse desire?

... Well may you claim glory and pride,
Among lions cruel, and creatures evil,
Yet however by nature violent they be,
To the female, the male forbears.

You are not perhaps the first, nor second,
Who to your own ill, will do as you will,
But hold. In peace with your lady live:
For close by the Lion, the Lioness doth lie."

Although still centuries distant, Terracina's verses foreshadow a revolution in gender relations.

Undoubtedly, the misogynist attitudes that we see portrayed in Cinthio's tales, were reflective of social realities. Cinthio includes these realities in his frame tales surrounding femicide and particularly uxoricide.[82]

---

[82] A full analysis of gender (or race) in Cinthio is yet to be undertaken. A critical edition of Cinthio's *Gli Ecatommithi*, even in Italy, was not published until 2012. Giraldi Cinzio, Giovan Battista; Villari, Susanna (ed.), *Gli Ecatommithi*, Salerno Editrice Roma, 2012.

"Ben vi percuote il cor d'invidia il telo,
Che tenete le donne si vilmente.
A la femmina il maschio non fa guerra
Tutti gli altri animali in terra.

O nimico del cielo, e di natura,
Come hai baldanza tu di por la mano
Sopra si bella & giovenil figura?
Onde ti vien questo tuo ardir si strano?

... Ben ti poi annoverar, con darti vanto
Tra crudeli Leoni, e maligni Orsi,
Quantunque di natura sia mordace
A la femina il maschio non la face.

Ne sarai forse primo, ne secondo,
Darai a tuo malgrado quel che dei:
Deh vivi tu con la tua donna in pace:
La Leonessa appresso il Leon giace."

Nonostante fossero ancora secoli nel futuro dal Rinascimento, le strofe di Terracina presagiscono una rivoluzione nei rapporti fra i generi.

Senza dubbio, le attitudini misogine che vediamo figurare nei racconti di Cinzio, riflettono le realtà sociali. Cinzio adopera queste realtà nella cornice narrativa a riguardo al femminicidio e particolarmente in relazione all'uxoricidio.[83]

---

83 Un'analisi completa sulle questioni di genere (o di razza) in Cinzio è ancora da intraprendere. Un'edizione critica degli *Ecatommiti* di Cinzio, in Italia stessa, non è stata pubblicata prima del 2012. Giraldi Cinzio, Giovan Battista; Villari, Susanna (ed.), *Gli Ecatommiti*, Salerno Editrice Roma, 2012.

In another tale, about the heroine Epitia, Cinthio tells the story of a woman who is sexually exploited and who pleads her case to the Emperor. It explores another form of oppression and Epitia is her own eloquent advocate for justice, despite the powerlessness of her situation. That story also inspired a Shakespeare play: *Measure for Measure.*

In the two Cinthio novellas which provided plots for Shakespeare plays, we are left in no doubt that women do not find justice in the realities of the time.

It is of course difficult to project ourselves back into the world of the writer, and really know their mind. However we may note that in his essay on epic poetry, Cinthio adopted the view that it should *"teach men honest life and good customs, which should be the foremost end of composing for any good poet."*[84] Cinthio's frame narrative allows him to present various perspectives on the stories that he tells.

At the end of Cinzio's cycle of ten stories concerning infidelity in marriage, the frame narrative concludes with a debate between the women and the men.

The debate concerns the respective responsibility of men and women for infidelity and the nature of laws and social mores that ought govern it. While a man in the company opines that "*women have the demon in the folds of their skirts,*" in the frame narrative, the last word is given to Fulvia, an advocate for the women, who says:

---

84 Cinthio, Giraldi. *Giraldi Cinthio on Romances*. University Press of Kentucky, 2014, p 9

In un altro racconto, che tratta dell'eroina Epitia, Cinzio ci dà un racconto di una donna sfruttata sessualmente e che perora il suo caso all'imperatore. Questa storia esplora un'altra forma di oppressione, ed Epitia è la sua stessa avvocata di giustizia, nonostante l'impotenza della sua situazione. Quel racconto ispirò anche un dramma di Shakespeare: *Misura per misura.*

Nelle due novelle che hanno dato la trama ai drammi di Shakespeare, non ci rimane alcun dubbio che le donne non trovino giustizia nelle realtà dell'epoca.

Di certo, è difficile entrare nel mondo antico dello scrittore e conoscere veramente la sua mente. Tuttavia possiamo notare il suo punto di vista sui poemi epici: "*insegnare agli uomini la onesta vita e la buona condotta, dovrebbe essere il fine primario della composizione per qualsiasi buon poeta*".[85] La cornice narrativa di Cinzio, gli dà l'opportunità di presentare varie opinioni sulle novelle che ci racconta.

Alla fine del ciclo dei dieci racconti di Cinzio sul tema dell'infedeltà nel matrimonio, la cornice narrativa si conclude con un dibattito fra le donne e gli uomini.

Il dibattito si concentra sulla rispettiva responsabilità degli uomini e delle donne riguardo all'infedeltà, sulla natura delle leggi e le usanze sociali che dovrebbero governarlo. Nonostante un uomo nel dibattito opini che "... *hanno le donne ... il demonio tra le falde della veste*", nella cornice narrativa l'ultima parola tocca a Fulvia, una sostenitore delle donne, che dice:

---

85 Cinthio, Giraldi. *Giraldi Cinthio on Romances.* University Press of Kentucky, 2014, p 9

"It would be better if you men refrained from soliciting and tempting women to ill; for if you did not, in your lustfulness, trouble them, little would you see of what you term 'infidelity:' but you have wanted to make everything permissible to you, and have put yourselves beyond the law, which is no less made for us than for you, for the same sin ought to have the same penalty."

Views such as those Cinthio puts in the mouths of his characters were part of a large literary and philosophical conversation, which mirrored real conversations between men and women in limited spaces of courtly society. Baldassare Castiglione's influential 1528 *The Book of the Courtier* argued for the equality of women in terms similar to those Cinthio's characters use above:

"We men have of our own authority arrogated to ourselves a licence, whereby we insist that the same sins are in us very trivial and sometimes praiseworthy, and in women cannot be sufficiently punished, unless by shameful death or at least perpetual infamy …"[86]

In this context, we can view Cinthio's tale about Desdemona as a contribution to the conversation about the status of women occurring in the Renaissance.

Turning to England we see many similar patterns. In drama for example, we find the following:

---

86 Castiglione, Baldassare. *The Book of the Courtier*. C. Scribner's sons, 1903, p 206

"Ma vie meglio sarebbe che voi uomini vi rimaneste di tentare e sollecitare le donne al male; chè se voi non deste loro, colla vostra lascivia, noia, poche ne vedreste che voi chiamassero a cosa disonesta: ma voi vi avete voluto fare ogni cosa lecita, e trarvi fuori della legge, che non meno è stata constituita per voi che per noi, perché pari peccato avesse anco pari la pena."

Opinioni come quelle che Cinzio mette nelle bocche dei suoi personaggi facevano parte di una larga conversazione letteraria e filosofica, che rispecchiava conversazioni vere fra uomini e donne negli spazi ristretti delle società di corte. *Il libro del Corteggiano*, influente opera di Baldassare Castiglione del 1528 sosteneva l'eguaglianza delle donne in termini simili a quelli che abbiamo visto usare in precedenza ai personaggi di Cinzio:

"Che noi [uomini] dalla nostra autorità abbiamo vendicato una licenzia, per la quale vogliamo, che i medesimi peccati in noi siano leggerissimi, e talora meritano laude, e nelle donne non possano abbastanza essere castigati, se non con una vituperosa morte, o almeno perpetua infamia ..."[87]

In questo contesto, possiamo vedere il racconto di Cinzio di Desdemona come un contributo alla conversazione sullo stato della donna che avveniva nel Rinascimento.

Volgendosi all'Inghilterra troviamo modelli molto simili. Nei drammi, per esempio, troviamo:

---

87 Castiglione, Baldassare, *Il Libro del Cortegiano*, Giolito de Ferrara Venezia 1544, p 128. L'italiano di questa citazione è stato modernizzato per convenienza.

> *"A surprisingly large number of Elizabethan and Jacobean dramas represent or culminate in the murder of a wife, the reason cited almost always being her infidelity. The plays construct these murders, often led up to by beating and torture of the wife, as tragedy, yet endorse them as a form of justice. These tragedies have come to be known as 'domestic tragedies,' suggesting that the events are private, springing from a familial relationship, unlike tragedies which involve political murders and take place in the public sphere."*[88]

Vanita takes the view that although *Othello* is about a moor, it is similar to plays that were at the same time being staged representing the violence of white husbands. Othello's blackness is however a factor which makes Desdemona even more isolated than she would otherwise have been. Vanita points out also that other of Shakespeare's play touch on the essential powerlessness of women in their marital relations.[89]

Of course there is nothing surprising about the foregoing, as only in the twentieth century do we begin to see real reform of domestic marital relationships and the beginning of effective criminalization of domestic violence.

---

[88] Vanita, Ruth. "'Proper' Men and 'Fallen' Women: The Unprotectedness of Wives in Othello." *Studies in English Literature, 1500-1900*, vol. 34, no. 2, 1994, pp. 341-56. *JSTOR*, https://doi.org/10.2307/450905. Accessed 19 Sept. 2024.

[89] Ibid.

> *"Un grosso e sorprendente numero di drammi elisabettiani e del regno di Giacomo I rappresentano o culminano nell'omicidio di una moglie, e il motivo scatenante è quasi sempre l'infedeltà. I drammi costruiscono questi omicidi, frequentemente preceduti da violenza e torture contro le mogli, come tragedie; ma nonostante questo, le approvano come una forma di giustizia. Queste tragedie sono diventate conosciute con il nome di 'tragedie familiari', suggerendo che gli avvenimenti sono privati, sorgendo da rapporti nella famiglia, a differenza di quelli che trattano di omicidi politici che avvengono nella sfera pubblica."*[90]

Vanita fa notare che anche se *Otello* tratta di un moro, esso è simile ai drammi che si trovavano sul palcoscenico della stessa epoca, che rappresentavano la violenza dei mariti bianchi. La nerezza di Otello è comunque un fattore che rende Desdemona ancora più isolata di come altrimenti sarebbe stata. Vanita segnala che anche in altri drammi di Shakespeare si accenna all'impotenza essenziale delle donne nei loro rapporti matrimoniali.[91]

Certamente, non c'è nulla di sorprendente in questo, visto che è solo nel ventesimo secolo che cominciamo a vedere vere riforme nell'ambito famigliare ed un inizio all'effettiva criminalizzazione della violenza contro le donne nel contesto familiare.

---

[90] Vanita, Ruth. "'Proper' Men and 'Fallen' Women: The Unprotectedness of Wives in Othello." *Studies in English Literature, 1500-1900*, vol. 34, no. 2, 1994, pp. 341-56. *JSTOR*, https://doi.org/10.2307/450905. Accesso 19 sett. 2024.

[91] Ibid.

As in other societies, a certain incidence of domestic homicide was a reality in England in Shakespeare's day, and was not just something portrayed on the stage.[92]

Yet, as in Italy, new ideas were beginning to circulate on relations between men and women in broader private and public spheres.

The already mentioned *Book of the Courtier* was translated into English by 1561. It was well-known in England and read by Shakespeare's contemporaries, whether in Italian or English.

Ben Jonson (who wrote the introduction to the *First Folio* collection of Shakespeare's works) and many others owned a copy of Castiglione's work. Shakespeare plays such as *Love Labor's Lost, Measure for Measure, Hamlet, Othello* and *Much Ado About Nothing* are cited as influenced by it.[93]

When we compare Cinthio's text to the play, it becomes evident that Shakespeare has made the story significantly more *masculine*.

As noted above, Shakespeare changes the story to focus it on Iago's hatred of Othello rather than hatred of Desdemona. This fundamentally alters the gender dynamics of the story. Shakespeare's play becomes a story *about* and *between* men. Desdemona is collateral damage.

---

92 Sharpe, J. A. "Domestic Homicide in Early Modern England." *The Historical Journal*, vol. 24, no. 1, 1981, pp. 29-48. *JSTOR*, http://www.jstor.org/stable/2638903. Accessed 12 Oct. 2024.

93 Collington, Philip D. "'Stuffed with All Honourable Virtues': 'Much Ado about Nothing' and 'The Book of the Courtier.'" *Studies in Philology*, vol. 103, no. 3, 2006, pp. 281-312. *JSTOR*, http://www.jstor.org/stable/4174852. Accessed 12 Oct. 2024.

Come in altre società, una certa incidenza degli omicidi familiari era presente in Inghilterra al tempo di Shakespeare. Non era solamente rappresentata sul palcoscenico.[94]

Nondimeno, come in Italia, nuove idee cominciavano a circolare sulle relazioni fra uomini e donne in sfere più ampie, sia private che pubbliche.

Il già accennato *Libro del Cortegiano* era stato tradotto in inglese nel 1561. Era ben conosciuto all'epoca dai contemporanei di Shakespeare, sia in italiano che in inglese.

Ben Jonson (che scrisse l'introduzione alla collezione conosciuta come il *First Folio* delle opere di Shakespeare) e molti altri, possedevano una copia dell'opera di Castiglione. Drammi di Shakespeare come *Pene d'amor perdute, Misura per misura, Amleto, Otello* e *Molto rumore per nulla* si dice siano influenzati dal *Cortegiano.*[95]

Quando confrontiamo il testo di Cinzio con il dramma, risulta ovvio che Shakespeare ha reso il racconto considerevolmente più *maschile.*

Come notato in precedenza, Shakespeare cambia il racconto per centrarlo sull'odio di Iago per Otello, al posto del suo odio per Desdemona. Questo cambiamento modifica la dinamica di genere nella trama. Il dramma di Shakespeare diventa una storia *fra* uomini, che tratta *di* uomini. Desdemona è un danno collaterale.

---

94 Sharpe, J. A. "Domestic Homicide in Early Modern England." *The Historical Journal*, vol. 24, no. 1, 1981, pp. 29-48. *JSTOR*, http://www.jstor.org/stable/2638903. Accesso 12 ott. 2024.

95 Collington, Philip D. "'Stuffed with All Honourable Virtues': 'Much Ado about Nothing' and 'The Book of the Courtier.'" *Studies in Philology*, vol. 103, no. 3, 2006, pp. 281-312. *JSTOR*, http://www.jstor.org/stable/4174852. Accesso 12 ott. 2024.

Almost like the handkerchief in the story - she is often no more than a symbol in a larger conflict between men.

However, like the Italian writers, Shakespeare also includes passages that draw the audience or reader into a direct reflection on gender relations. These passages occur primarily in conversations between Desdemona and Emilia, but also in exchanges between Desdemona and Iago. Emilia speaks for example both of males' 'use' of women as if they were food and in a soliloquy she asserts women's equality in a manner reminiscent of the ideas we have seen in the *Book of the Courtier.* Iago, as he is used to represent racism, is also a vessel for misogyny.

Cinthio's story begins with the marital bliss of Othello and Desdemona in the opening paragraphs of his novella. She, the only named character, is to undergo the misfortune written in her name. It is against this background that Iago plots *Desdemona's* death. Othello is just Iago's means to an end: murdering Desdemona. Iago does not hate Othello, until much later after Desdemona's death, when Othello realizes that Iago had manipulated him.

Significant passages in Cinthio dwell on Desdemona's efforts to save her marriage or her anxieties and fears as her husband becomes increasingly hostile to her and to discover the cause.

Shakespeare begins his play with the jealousies, lusts and hatreds of an 'overlooked' military officer (Iago). Already, he hates and wishes to destroy Othello and his success. The scene shifts to a private confrontation between men, in which Brabantio seeks to bring Othello to justice and then segues to a council of war before the Duke of the city. Desdemona comes on stage (briefly) but only to provide evidence before the Duke in the complaint brought by her father against her husband. In her speech she underlines her transition from 'daughter' to 'wife' - defining her existence in terms of male interests. This is not found in Cinthio.

Quasi come il fazzoletto nel racconto -lei è frequentemente poco più di un simbolo in una più ampia lotta fra uomini.

Nondimeno, come gli scrittori italiani, Shakespeare ha incluso anche brani che attirano il pubblico o il lettore a riflettere direttamente sulle questioni di genere. Questi brani si trovano principalmente nelle conversazioni tra Desdemona e Emilia, ma anche in scambi fra Desdemona e Iago. Emilia parla per esempio di come i maschi 'usino' le donne come se fossero cibo e in un soliloquio sostiene l'eguaglianza della donna, con idee che ci ricordano quelle che abbiamo già visto nel *Libro del Corteggiano*. Iago, personaggio che rappresenta il razzismo, è anche lo strumento per raccontare la misoginia.

Il racconto di Cinzio si apre con la felicità matrimoniale di Otello e Desdemona. Lei, l'unico personaggio nominato nel racconto, subirà la cattiva sorte scritta nel suo nome. È su questo sfondo che Iago complotta la morte di *Desdemona*. Per Iago, Otello è solo un mezzo per arrivare alla sua fine: uccidere sua moglie. Iago non odia Otello fino a molto più tardi, dopo la morte di Desdemona, quando Otello si accorge che Iago lo ha manipolato.

Brani significativi in Cinzio si soffermano sugli sforzi di Desdemona per salvare il suo matrimonio, o sulle sue paure ed angosce quando suo marito diventa più e più contrario a lei, infine per scoprirne la causa.

Shakespeare comincia il suo dramma con le gelosie, i desideri e gli odi di un ufficiale militare trascurato (Iago). Quest'ultimo già odia e vuole distruggere Otello e il suo successo. La scena si sposta a una lotta privata fra uomini in cui Brabantio cerca di trascinare Otello alla pena, e poi a un consiglio di guerra davanti al doge della città. Desdemona entra sul palcoscenico (brevemente) per fare da testimone nella causa portata dal suo padre contro suo marito. Nella sua orazione, Desdemona sottolinea il suo passaggio da 'figlia' a 'moglie' - definendo la sua esistenza in termini di interessi maschili. Questo non si trova in Cinzio.

Desdemona's death towards the end of the narrative is also very different in Cinthio and Shakespeare as far as gender is concerned. Cinthio does not allow us to avert our gaze from the brutality of Desdemona's murder. There is nothing noble about it. Calling on heaven for justice, the final moments of Desdemona's life are filled with terror and pain. She begs her husband to save her, he instead condemns her as a whore and savors the deed as it is done. Iago viciously beats her to death with a sand filled sock, thus bringing to fruition his desire to kill her. He is avenged on her for her failure to respond, or even notice, his desire for her. The repulsive nature of the crime is foregrounded. *It is Iago's desire for her and for revenge against her that are the direct and primary reasons for Desdemona's death.* Cinthio's Othello is Iago's willing and duped accomplice. Even though Othello is driven by his own jealousies, his motives are secondary to Iago's malevolence and hatred for Desdemona. Also, the conduct of the murderer and his accomplice are designed to hide their crime.

The late 1990s saw the invention of a term that describes Cinthio's Iago: an *incel* (an involuntary celibate). Although Iago is married, *vis a vis* Desdemona, he is denied the sex he desires. By the early twenty-first century, the *incel* concept had been weaponized. It has generated male communities associated with online hatred of women. It has resulted in multiple murders of women, very similar in motivation to Iago's motives in Cinthio's plot. The incel sub-culture is now considered to be a threat for domestic terrorism.[96]

[96] Hoffman, Bruce, Jacob Ware, and Ezra Shapiro. "Assessing the threat of incel violence." *Studies in Conflict & Terrorism* 43.7 (2020): 565-587.

La morte di Desdemona quasi alla fine del racconto è anche molto diversa tra Cinzio e Shakespeare, per quanto riguarda le questioni di genere. Cinzio non ci permette di distogliere il nostro sguardo dalla brutalità della morte di Desdemona. Non c'è niente di nobile nella morte. Gli attimi finali della sua vita, mentre invoca giustizia dal cielo, dato che sulla terra non ne trova, sono pieni di terrore e dolore. Supplica suo marito di salvarla, mentre lui la condanna come sgualdrina e gusta l'atto del suo omicidio mentre si compie. Iago la picchia brutalmente fine alla morte con una calza piena di sabbia, portando a termine così il suo desiderio di ucciderla. Lui si vendica di Desdemona per la sua mancanza di risposta, o anche solo per aver notato il desiderio di Iago per lei. La natura ripugnante del crimine è messa in rilievo. *Sono i desideri di Iago per lei e per la vendetta contro di lei le ragioni dirette e primarie della morte di Desdemona*. L'Otello di Cinzio è il complice volontario e credulone di Iago. Anche se Otello è motivato dalle sue stesse gelosie, queste sono secondarie alla malevolenza e all'odio per Desdemona di Iago. La condotta dell'assassino e del suo complice è stata disegnata per nascondere il loro crimine.

Gli anni novanta vedono l'invenzione (in inglese) di un termine che descrive lo Iago di Cinzio: un *incel* (una persona che è celibe involontariamente). Anche se Iago è sposato, *vis a vis* Desdemona, Iago è privato del sesso che desidera. Dall'avvio del ventunesimo secolo, il concetto di *incel* è diventato armato, creando una comunità maschile collegata all'odio online contro le donne, e risultando in molteplici omicidi di donne, molto simili per motivo a quelli di Iago nella trama di Cinzio. Questa cultura *incel* è ora considerata una minaccia di terrorismo interno.[97]

---

97 Hoffman, Bruce, Jacob Ware, and Ezra Shapiro. "Assessing the threat of incel violence." *Studies in Conflict & Terrorism* 43.7 (2020): 565-587.

In Shakespeare, Desdemona's murder is enacted by Othello, rather than Iago, who is not present when it happens. Othello is given a 'noble' speech in which he hesitates, is in two minds, and runs through the justifications he gives himself for why he must kill her. Only later, after he has killed her and discovers she is innocent, does he turn the sword upon himself. Even then he engages in more 'noble' talk, calling himself an 'honorable murderer.' He is then allowed to 'redeem' himself by executing justice on himself. All the while, Desdemona is lying dead on her bed.

The foregoing observations of course do not exhaust what might be learned on this theme from a comparison of these two works.

In the following we turn to a closer exploration of issues concerning race in Othello,

Ania Looma comments:

"Othello is both a fantasy of interracial love and social tolerance, and a nightmare of racial hatred and male violence."[98]

While interracial love and social tolerance is no longer 'a fantasy' in the twenty-first century, the issue of racism is unavoidable in both Cinthio's novella and Shakespeare's drama.

Before looking at racism and 'race' in the story itself, it is helpful to discuss the broader Mediterranean and Atlantic context of ideas about race and the historical context of each work. Although they are less than fifty years apart, to some extent, they belong to different worlds.

While a full history of the origins of racism will not be attempted here, literature addressing race and gender is of course not limited to the European context. The geographic and cultural milieu of the story invites us to consider *Mediterranean* genealogies of race and racism.

---

[98] Loomba, Ania. Shakespeare, race, and colonialism. OUP Oxford, 2002., p 91

In Shakespeare, è Otello che uccide Desdemona, non Iago, che non è presente quando ciò avviene. Otello tiene un'orazione 'nobile,' in cui esita, è indeciso e riporta alla mente le giustificazioni che dà a sé stesso sul perché ha il dovere di ucciderla. Solo dopo che l'ha uccisa, quando scopra che lei era innocente, gira la sua spada contro sé stesso. Anche a quel punto continua con più parole 'nobili', definendosi un 'assassino nobile.' Poi gli è permesso di 'redimersi' giustiziando sé stesso. Nel frattempo, Desdemona è stesa sul suo letto, morta.

Ciò, di certo, non esaurisce quello che potrebbe essere scoperto su questo tema dal confronto tra i due testi.

In seguito, ci spostiamo verso un'esplorazione sulle questioni di razza in *Otello.*

Ania Looma osserva:

"Otello è sia una fantasia di amore interrazziale e tolleranza sociale, che un incubo di odio razziale e violenza maschile."[99]

Nonostante l'amore interrazziale e la tolleranza sociale non siano più solo 'fantasia' nel ventesimo secolo, la questione del razzismo non si può evitare sia nella novella di Cinzio che nel dramma di Shakespeare.

Prima di esaminare razza e razzismo nel racconto stesso è utile esaminare il contesto più ampio delle idee sulla razza nel Mediterraneo e l'Atlantico, e il contesto storico di entrambe le opere. Anche se sono lontane meno di cinquanta anni l'una dall'altra, in certa misura, appartengono a mondi diversi.

Anche se una completa storia del razzismo non è qui intrapresa, la letteratura che tratta di razza e di genere, di certo, non è limitata al solo contesto Europeo. Il milieu geografico e culturale del racconto ci invita a considerare le genealogie *mediterranee* di razza e razzismo.

---

99 Loomba, Ania. Shakespeare, race, and colonialism. OUP Oxford, 2002., p 91

We have already noted *The Thousand and One Nights*. The misogyny and racism of the text is plain, although rarely noted. The story starts when a king decides to marry a female virgin every night and then have her executed the next day. He does this because his first wife has betrayed him by sleeping with a black slave. Both the context of *slavery* and *blackness* are of course relevant. The king kills because he believes that no woman can be trusted and to avenge himself for his wife's betrayal.

Yet we miss the complexity of the text if we do not see that the motivating theme of female 'cunning' and 'deceit' is transmuted by the figure of Scheherazade. She represents a model of female learning, wisdom and self-sacrifice. She puts herself in harm's way by volunteering to marry the mad king so that he will kill no more. She uses storytelling to heal the king's madness.

And surely storytelling at its best does have healing properties.

There is another Arabic tale to consider: the Romance of Antar (Antarah ibn Shaddad al-Absi, عنترة بن شداد العبسي). (525-608 AD)

The following is taken from a paper by Bilal Hamamra.[100] The romance is also a tale of union across racial boundaries. Based on a real historical figure, it is an ancient tale and one that has been compared with *Othello*.

Antar's father is a leading member of the Arab Banu Abs. His mother is an Ethiopian slave, also making him a slave. He loves Abla, whom he cannot have because of his status and origin. Abla, like Desdemona, loves him for his courage, his suffering and his eloquence. Antar was also a poet.

---

100 Hamamra, Bilal Tawfiq. "Shakespeare's Othello and The Romance of Antar: The politics of racism and self-fashioning." *Comparative Literature: East & West* 3.1 (2019): 28-37.

Abbiamo già accennato alle *Mille e una notte*. La misoginia e il razzismo nel testo è chiaro, anche se poco notato. Il racconto comincia quando un re decide di sposare una vergine ogni sera e poi giustiziarla il giorno seguente. La ragione per cui egli si comporta in questa maniera è il fatto che la sua prima moglie lo ha tradito con un schiavo nero. Entrambi i contesti di *schiavitù* e *nerezza* sono indubbiamente pertinenti. Il re uccide perché crede che nessuna donna possa essere affidabile e per vendicarsi del tradimento di sua moglie.

Tuttavia non capiamo la complessità del testo se non vediamo che il tema scatenante di 'falsità' e 'furbizia' femminile e trasmutato nella figura di Shahrazad, che rappresenta un modello femminile di erudizione, di saggezza e di abnegazione. Mette sé stessa in pericolo, offrendosi di sposare il re matto, così che lui non uccida più. Shahrazad usa la narrazione per curare la pazzia del re.

Sicuramente l'arte del racconto, al suo meglio, ha qualità curative.

C'è un altro testo arabo da considerare: *Sirat 'Antar* (Antarah ibn Shaddad al-Absi, عنترة بن شداد العبسي). (525-608 AD)

Ciò che segue è tratto da un saggio da Bilal Hamamra.[101] Anche il *Sirat 'Antar* è un racconto d'amore che supera i confini razziali. Basato su un personaggio storico reale, si tratta di un racconto antico, che è stato confrontato con quello di *Otello*.

Il padre di Antar è un capo della tribù araba Banu Abs. Sua madre è una schiava etiope, una circostanza che rese anche Antar uno schiavo. Lui ama Abla, ma non può averla per colpa delle sue origini e la sua posizione sociale. Abla, come Desdemona, lo ama per il suo coraggio, le sue pene e la sua eloquenza. Antar era anche poeta.

---

101 Hamamra, Bilal Tawfiq. "Shakespeare's Othello and The Romance of Antar: The politics of racism and self-fashioning." *Comparative Literature: East & West* 3.1 (2019): 28-37.

The tribe will not permit their marriage and as Brabantio does in *Othello,* the tribe condemns Antar's blackness.

> *"What a pity that one so beautiful and fair should be wedded to one so black."*

Unlike Othello, who is corrupted by Iago's discourse and ultimately destroys himself, Antar rejects the racist discourse around him. He proves the racism wrong by showing his worth on the battlefield and his eloquence in poetry. He dies in battle, but his poetry and story survived him. Hamamra's article explores these two stories in the context of the Palestinian experience of dispossession. Antar's story today is sometimes understood as an anti-slavery and anti-racist tract. In the era of the crusades it was elaborated into an Arabic epic.[102]

The foregoing illustrates for us that racism and racial prejudice have ancient roots in the Mediterranean and its neighboring region.

Racism's association with slavery, in this parallel context, is also significant. Like the journey of Cinthio's Italian novella, we must recall that ideas in such literature could be transnational.

In Spain, on the western shores of the Mediterranean, much closer to Shakespeare's own time and place, concepts of race and racism were also manifesting.[103]

---

[102] For further on race and blackness in the context of Arab history and society see: Khannous, Touria. "Race in pre-Islamic poetry: the work of Antara Ibn Shaddad." *African and Black Diaspora: An International Journal* 6.1 (2013): 66-80.

[103] Spain in that era, it must be noted also included the long presence of the Spanish Empire in Italy.

La tribù non permette il loro matrimonio. Come fa Brabantio in *Otello,* la tribù condanna la nerezza di Antar.

> *"Che peccato che una sì bella è bianca dovrà sposarsi con uno sì nero."*

Diversamente da Otello che divenne corrotto dal discorso di Iago e si autodistrugge, Antar respinge le parole razziste che lo circondano. Dimostra che il razzismo sia sbagliato dimostrando il suo valore sul campo di battaglia e l'eloquenza della sua poesia. Muore in battaglia, ma le sue poesie e la sua storia sono sopravvissute. Il saggio di Hamamra esplora queste due storie nel contesto dell'esperienza del popolo palestinese. La storia di Antar a volte è letta oggi come anti-schiavista e anti-razzista. Nel periodo delle crociate fu elaborata in un poema epico in lingua araba.[104]

Tutto ciò ci illustra che il razzismo e il pregiudizio razziale hanno radici antiche nel Mediterraneo e nelle sue vicinanze.

L'associazione del razzismo con la schiavitù, in questo contesto parallelo, è inoltre significante. Come il viaggio che ha fatto la novella italiana di Cinzio, ci dobbiamo ricordare che le idee in tale letteratura possono essere transnazionali.

Anche in Spagna, al confine occidentale del Mediterraneo, molto più vicino all'epoca e al luogo di Shakespeare, i concetti di razza e razzismo vennero messi in evidenza.[105]

---

[104] Per saperne di più su razza e nerezza nel contesto della società e storia araba si veda: Khannous, Touria. "Race in pre-Islamic poetry: the work of Antara Ibn Shaddad." *African and Black Diaspora: An International Journal* 6.1 (2013): 66-80.

[105] La Spagna in quell'epoca, da notare, comprendeva anche la lunga presenza dell'impero spagnolo in Italia.

In 1550-51, the Valladolid debate between Bartolomé de las Casas and Sepulveda concerned the 'race' and 'humanity' (or not) of the indigenous peoples of the Americas. Las Casas, a Dominican bishop, was their unwavering advocate against Spanish oppression in the Americas. From Christian teachings and his experience in the Americas, he drew arguments for the equal humanity of its peoples, obligations of justice and the impermissibility of violence and war against them. Sepulveda drew on Aristotelian ideas of a 'hierarchy' of peoples from 'civilized' to 'barbarous' which he sought to use to justify the invasion, occupation and exploitation of the Americas.

Las Casas also advocated for 'New Laws' to temper the brutality being practiced by the conquistadors. Although adopted by the Spanish Crown, they were sometimes repealed and often ignored or actively opposed in the Americas.[106] Of course views such as those of Sepulveda became a template for Europe's relationship with the wider world in the following centuries, including in the case of England.

The same era saw ideas of race also evolve in the context of the Morisco population of Spain. The Moriscos were descendants of Muslims (or Jews) who had been forced to convert to Christianity. Their new faith did not protect them from persecution. As 'New Christians' they remained suspect. Arabic dress was banned in Granada in 1508. The Arabic language and Arabic books were banned in 1567.

---

[106] See chapter 1, Curtotti, Michael. *Ten Lives Declaring Human Rights: From Bartolomé de las Casas to Martin Luther King Jr*. (Aldila Press, 2020)

Nel 1550-51, il dibattito di Valladolid fra Bartolomé de las Casas e Sepulveda era concentrato sulla 'razza' e 'l'umanità' (o no) dei popoli indigeni delle Americhe. Las Casas, un vescovo dominicano, fu il loro avvocato infaticabile, battendosi contro l'oppressione spagnola nelle Americhe. Egli traeva da insegnamenti cristiani e dalla sua esperienza dell'umanità eguale in tutto i suoi popoli, il dovere di giustizia e l'inammissibilità della violenza e della guerra contro tali popoli. Sepulveda traeva dalle idee di Aristotele il concetto di una 'gerarchia' dei popoli da 'civili' a 'barbari,' che adopera per cercare di giustificare l'invasione, l'occupazione e lo sfruttamento nelle Americhe.

Las Casas inoltre ha dato sostegno alle 'Leggi Nuove' per attenuare la brutalità che praticavano i conquistatori. Sebbene adottate dal Regno Spagnolo, venivano a volte abolite e frequentemente non rispettate o anche sfidate nelle Americhe. Certamente, le opinioni di Sepulveda sono diventate una sagoma per la relazione fra l'Europa (inclusa l'Inghilterra) e il mondo più ampio nei secoli seguenti.[107]

La stessa epoca vide le idee di razza in evoluzione anche nel contesto della popolazione Morisco della Spagna. I morisco furono i discendenti dei musulmani (o dei giudei) che erano costretti a convertirsi al cristianesimo. La loro nuova fede non li protegge dalla persecuzione. Come 'Cristiani nuovi' rimanevano sospetti. I vestiti arabi furono proibiti a Granada nel 1508. La lingua araba e i libri arabi furono proibiti nel 1567.

---

[107] Si veda capitolo 1, Curtotti, Michael. *Ten Lives Declaring Human Rights: From Bartolomé de las Casas to Martin Luther King Jr*. (Aldila Press, 2020)

The Inquisition was a constant threat to New Christians who could be accused of 'heresy.' Uprisings against such persecution[108] and suspicions that the New Christians constituted a subversive element led to brutal suppression. Populations of Moriscos were forcibly displaced and their properties confiscated.

During the same period, laws were adopted based not on religion (which by then was shared with their fellow Christians) but on the 'impurity' of their blood. '*Limpieza de Sangre*' laws classified people by their ancestry on the theory that 'blood' carried impurity.

Such laws were used to prohibit New Christians from holding particular offices or entering the church, or made marriage with them unlawful because of such 'impurity of blood.'[109]

---

[108] Don John of Austria, provided a 'villain' in Shakespeare's *Much Ado About Nothing*. He was the military leader of the Spanish forces which defeated the last major uprising in Granada in 1569.

[109] Such ideas did not disappear of course but still echo in history: in the 'one drop' rule used to classify 'Negroes' in the United States and in the Nuremberg laws in 1930s Nazi Germany which classified Jews on the basis of the proportion of their parents and grandparents that were Jewish. Fascist Italy too would also use 'purity' of blood and of race in its persecution and participation in the Holocaust against its tiny Jewish population. Point 6 of the infamous '*Race Manifesto*' of 1938 claimed the existence of an Italian 'race;' and that the '*ancient purity of its blood*' constituted '*the greatest claim to nobility of the Italian nation.*' Sadly such evident nonsense, to anyone who has the slightest notion of Italian history, was endorsed by leading Italian thinkers and scientists. Primo Levi, a Jewish Italian survivor of Auschwitz wrote about 'purity' in his book *The Periodic Table*. See Curtotti, Michael. *Ten Lives Declaring Human Rights: From Bartolomé de las Casas to Martin Luther King Jr.* (Aldila Press, 2020).

L'inquisizione era un pericolo costante per i nuovi cristiani che potevano essere denunciati per 'eresia.' Le insurrezioni contro tali persecuzioni[110] e il sospetto che i nuovi cristiani formassero un elemento sovversivo, porta a una soppressione brutale. Le popolazioni dei Morisco furono espulsi dalla Spagna con la forza e le loro proprietà confiscate.

Nella stessa epoca, vennero adottate leggi basate non su la fede (che allora era condivisa con i loro correligionari cristiani) ma sul concetto dell'impurezza del loro sangue. Le leggi di '*Limpieza de Sangre,'* classificavano le persone in base ai loro antenati, seguendo la teoria che il loro 'sangue' fosse impuro.

Tali leggi furono adoperate per proibire ai cristiani nuovi di ascendere a particolari uffici o di entrare nelle chiese, e rendevano il matrimonio con questi illegale a causa di tale 'impurità'.[111]

---

110 Shakespeare ha usato il personaggio di Giovanni d'Austria come 'cattivo' in *Molto rumore per nulla*. Lui fu il capo militare delle forze spagnole che hanno sconfitto l'ultima insurrezione significativa a Granada nel 1569.

111 Ovviamente, tali idee non sono sparite, ma ancora echeggiano nella storia: nelle leggi della 'goccia' che fu adoperata negli Stati Uniti per classificare i 'Negroes,' nelle leggi di Norimberga adottate dalla Germania nazista per classificare i giudei sulla base della percentuale dei loro genitori e nonni che erano ebrei. Anche l'Italia fascista, ha adoperato il concetto di 'purezza', di sangue e di razza, nella sua persecuzione e partecipazione all'Olocausto contro la sua piccola popolazione giudaica. Il sesto punto dell'infame '*Manifesto della razza*' del 1938, affermava che 'l'antica purezza di sangue' costituiva 'il più grande titolo di nobiltà della Nazione italiana.' Sfortunatamente, queste chiare assurdità, a chiunque abbia la minima idea della storia dell'Italia, erano opera di scienziati e pensatori influenti. Primo Levi, un italiano ebreo che sopravvisse ad Auschwitz scrisse sul tema della 'purità' nel suo libro *Il sistema periodico*. Si veda Curtotti, Michael. *Ten Lives Declaring Human Rights: From Bartolomé de las Casas to Martin Luther King Jr*. (Aldila Press, 2020).

The hostility to the Morisco population found its ‘final' expression in a mass expulsion from Spain in the years 1609-1614. Around 300,000 people were expelled from lands in which their ancestors had lived for centuries if not millennia. Many Moriscos, however, managed to evade the expulsions or were able later to return to Spain.

These events were occurring virtually in the same era as Othello was first performed. Only a few years earlier, as we shall see, England enacted its own expulsion of ‘moors,’ many of whom had arrived there fleeing persecution in Spain.

The traditional historiography of the Italian Renaissance gives little (if any) attention to the racial minorities who were part of the reality of the Italian peninsula during the era. Like the achievements of women, their existence was erased from history.

The life story of Alessandro de Medici, the first hereditary Duke of Florence traces that diversity. He was very likely the son of an African or Moorish slave women called Simonetta da Collevecchio. His father was Lorenzo II de Medici or possibly Giulio de Medici (who was later to become Pope Clement VII).

Wainwright suggests that our ideas about the Renaissance make it hard to even ask questions of race and racism regarding it. She contrasts the dearth of investigation about race in the Italian Renaissance with the decades of academic discourse concerning the formation of concepts about race in early modern English literature. She states:

L'ostilità alla popolazione Morisco trova la sua 'ultima' espressione nell'espulsione di massa dalla Spagna negli anni 1609-1614. Circa 300,000 persone furono espulse da terre in cui i loro antenati avevano vissuto per secoli, se non millenni. Tuttavia, tanti dei Morisco riuscirono ad evitare la loro espulsione o riuscirono dopo a ritornare in Spagna.

Questi eventi avvenivano quasi nella stessa epoca in cui *Otello* cominciava ad essere rappresentato per la prima volta sul palcoscenico. Solo pochi anni dopo, come vedremo, l'Inghilterra ha messo in pratica la sua espulsione dei 'Mori,' molti dei quali erano arrivati in Inghilterra scappando dalle persecuzioni in Spagna.

La storiografia tradizionale del Rinascimento in Italia prestava poca attenzione alle minoranze razziali che facevano parte della scena della penisola durante quest'epoca. Come il successo femminile, la loro esistenza è stata cancellata dalla storia.

La vita di Alessandro de Medici, il primo duca ereditario del ducato di Firenze traccia quella diversità. È molto probabile che egli fosse il figlio di una schiava africana o mora che si chiamava Simonetta da Collevecchio. Suo padre era Lorenzo II de Medici o forse Giulio de Medici (che dopo diventò Papa Clemente VII).

Wainwright suggerisce che le nostre idee sul Rinascimento rendono difficile indagare sulle questioni di razza o razzismo nel suo contesto. Ella contrasta la scarsità di investigazioni sulla razza nel Rinascimento italiano con decenni di scritti accademici riguardanti la formazione di concetti di razza nella letteratura rinascimentale dell'Inghilterra. Scrive:

> *"the primary sources are brimming with racialized references: Petrarch extolled a white beauty, Dante condemned Mohammed to Hell,[112] and Ariosto and Tasso both marshaled crusading themes and deified the violent expeditions of Christopher Columbus in their respective epics …."[113]*

Appropriately enough for the Italian Renaissance, it is in the field of art that the greatest insights are being drawn. Literally, art provides a picture of the African presence in the Italian Renaissance.

The following is drawn from a 2022 documentary: *The Black Italian Renaissance* which is informed by recent art scholarship. The 2024 Italian language version was released under the name *Il Rinascimento Nascosto: Presenze Africane Nell'Arte*.[114]

---

112 For a discussion of Dante's (mis)treatment of Islam and Muslims in Dante's *Commedia*, see Curtotti, Michael(ed). D*ante Under the Southern Cross 2021*, Dante Alighieri Society Canberra, 2022, pp xxiv - xxix https://danteaustralia.org/

113 Wainwright, Anna. "Teaching Race in Renaissance Italy." Teaching Race in the European Renaissance: A Classroom Guide (2023), p 187.

114 Tiwi documentary directed by Christian di Mattia and written by Francesca Priori, *The Black Italian Renaissance* (2022), https://www.tiwi.it/en/project/the-black-italian-renaissance/ Scholarly insights in the documentary are provided by Angelica Pesarini https://www.cdts.utoronto.ca/people/directories/all-faculty/angelica-pesarini, Igiaba Scego https://wordswithoutborders.org/contributors/view/igiaba-scego/, Jonathan K Nelson https://syr.academia.edu/JonathanNelson, Matteo Salvadore https://www.matteosalvadore.com/, John K. Brackett https://researchdirectory.uc.edu/p/brackejk, Cecile Fromont https://www.cecilefromont.com/, and Justin R. Thompson https://www.theflorentine.net/author/justinthompson/; accessed 26 October 2024.

> *"... le fonti primarie traboccano con riferimenti razzializzati: Petrarca esalta la bellezza bianca, Dante condanna Maometto all'inferno,*[115] *e Ariosto e Tasso trattano entrambi i temi delle crociate e deificano le spedizioni violente di Cristoforo Colombo nelle loro rispettive poemi epici ..."*[116]

Come ci si aspetterebbe per il Rinascimento italiano, è nel campo delle belle arti, che i risultati più profondi vengono tratti. Questo campo letteralmente ci dà un dipinto della presenza africana nel Rinascimento italiano.

Il seguente viene da un documentario del 2002 '*The Black Italian Renaissance*' che è basato su recenti studi dell'arte. Nel 2024 una versione italiana è uscita sotto il titolo *Il Rinascimento Nascosto: Presenze Africane Nell'Arte.*[117]

---

[115] Per una discussione del (mal)trattamento dell'Islam dei musulmani nella *Commedia* di Dante si veda Curtotti, Michael (ed). *Dante Under the Southern Cross 2021,* Dante Alighieri Society Canberra, 2022, pp xxiv - xxix, https://danteaustralia.org/

[116] Wainwright, Anna. "Teaching Race in Renaissance Italy." Teaching Race in the European Renaissance: A Classroom Guide (2023), p 187.

[117] Documentario Tiwi diretto da Christian di Mattia e scritto da Francesca Priori, *The Black Italian Renaissance* (2022), https://www.tiwi.it/en/project/the-black-italian-renaissance/ Gli studiosi che forniscono conoscenza per il documentario sono Angelica Pesarini https://www.cdts.utoronto.ca/people/directories/all-faculty/angelica-pesarini, Igiaba Scego https://wordswithoutborders.org/contributors/view/igiaba-scego/, Jonathan K Nelson https://syr.academia.edu/JonathanNelson, Matteo Salvadore https://www.matteosalvadore.com/, John K. Brackett https://researchdirectory.uc.edu/p/brackejk, Cecile Fromont https://www.cecilefromont.com/, and Justin R. Thompson https://www.theflorentine.net/author/justinthompson/; accesso 26 ottobre 2024.

Even in this title change, we see both the novelty of the topic and the sensitivity of referring to a 'Black' Italian Renaissance for an Italian audience.

For centuries, white art historians did not look for or even see the African figures in Renaissance art. Neither they, nor their audiences, were interested in Renaissance diversity. Now, however, both scholars and their audiences want to know.

Africans were always there, in literally hundreds of works, from the 1400s onwards. Africans could be depicted as ambassadors, priests, art patrons, soldiers, guests at table, pilgrims, saints, gondoliers, musicians, participating in communal events, and also as domestic servants. These depictions were not just artistic imagination; the black presence in Renaissance Italy is also amply confirmed in archives and history.[118]

It was a reality in which the Christian Ethiopian capital was part of this Renaissance world. Like the English from the north, Ethiopian ambassadors from the south were welcomed and feted in the Papal and other courts of Italy.

The city-states of Genoa and Venice were of course long involved in the Mediterranean slave trade. The growth of the Atlantic slave trade brought new slaves into the Italian marketplace.

Increasingly, aristocratic families included African slaves among their staff.

---

118 See for example Lowe, Kate. "Visible Lives: Black Gondoliers and Other Black Africans in Renaissance Venice." Renaissance Quarterly, vol. 66, no. 2, 2013, pp. 412-52. JSTOR, https://doi.org/10.1086/671583. Accessed 27 Oct. 2024; Tognetti, Sergio. The trade in back African slaves in fifteenth-century Florence. Cambridge University Press, 2005; McKee, Sally. "Domestic Slavery in Renaissance Italy." Slavery and Abolition 29.3 (2008): 305-326.

Anche in questo cambiamento di titolo, vediamo sia la novità di questo tema che la sensibilità di almeno una parte del pubblico italiano di fare riferimento a un Rinascimento 'nero' italiano.

Per secoli, gli storici bianchi dell'arte non hanno cercato, né hanno visto la presenza di figure africane nell'arte del Rinascimento. Né loro, né il loro pubblico erano interessati alla diversità nel Rinascimento. Ora, sia gli studiosi che il loro pubblico vogliono sapere.

Gli africani erano sempre presenti, in letteralmente centinaia di opere, dal quattrocento in poi. Gli africani venivano dipinti come ambasciatori, mecenati dell'arte, soldati, ospiti al tavolo, pellegrini, santi, gondolieri, musicisti, partecipanti ad eventi comuni, e anche come servi domestici. Queste figurazioni non erano solo immaginazione artistica, la presenza nera nell'Italia Rinascimentale è ampiamente confermata dagli archivi e dalla storia. [119]

Si trattava di un contesto in cui la capitale cristiana dell'Etiopia faceva parte del mondo diplomatico rinascimentale. Come gli inglesi del nord, gli ambasciatori etiopi del sud erano accolti e festeggiati nelle corti papali e non solo dell'Italia.

Le repubbliche di Genova e Venezia avevano, ovviamente, una lunga partecipazione nella tratta degli schiavi nel Mediterraneo. La crescita della tratta degli schiavi nell'Atlantico portò nuovi schiavi nei mercati dell'Italia.

Le famiglie aristocratiche includevano sempre di più schiavi africani al loro personale.

---

[119] Si veda per esempio Lowe, Kate. "Visible Lives: Black Gondoliers and Other Black Africans in Renaissance Venice." Renaissance Quarterly, vol. 66, no. 2, 2013, pp. 412-52. JSTOR, https://doi.org/10.1086/671583. Accesso 27 ottobre 2024; Tognetti, Sergio. The trade in back African slaves in fifteenth-century Florence. Cambridge University Press, 2005; McKee, Sally. "Domestic Slavery in Renaissance Italy." Slavery and Abolition 29.3 (2008): 305-326.

The c. 1500 *Miracle of the Relic of the True Cross at the Bridge of San Lorenzo* by Gentile Bellini is particularly evocative. It is set in Venice and portrays a miracle said to have occurred about 1370. A figure on the right of the image, an African about to dive in to save the cross, is most interesting. Not only is he depicted as present, a natural participant in the social setting of 1500 Venice, but a white female servant is shown almost holding his hand. They appear as if they are a couple whose hands have just parted as he is about to jump in. The Wikipedia entry for the painting claims that 'a woman ... is pushing her moorish slave' to jump in.[120] It is clear both that he is not being pushed and that she is herself a servant and her mistress stands next to her.

Like Mantua, where Isabella d'Este had somewhat of an obsession with buying black slave children to add to her collection, black slaves were present in Ferrara too, in the court of which Cinthio was a prominent literary figure. Around 1525, the courtesan (later Duchess) of Ferrara, Laura Dianti was painted next to an African slave boy. She has her hand on his shoulder. It is an image to inflate her own social standing. Images of this kind displace the earlier 'matter-of-fact' portrayal of the African presence. It is an image in which the outlines of incipient racism can be traced. It marks domination and servitude. Images like it were to spread across Europe. Art became a tool for racialization.

Matteo Salvadore comments:

---

[120] Miracle of the Cross at the Bridge of S. Lorenzo, https://en.wikipedia.org/wiki/Miracle_of_the_Cross_at_the_Bridge_of_S._Lorenzo accessed 26 October 2024.

Il *Miracolo della Croce caduta nel canale di San Lorenzo* del 1500 di Gentile Bellini è particolarmente evocativo. Dipinge un miracolo che si dice sia accaduto nel 1370 a Venezia. Più interessante, per lo scopo di questa discussione, è una figura a destra nell'immagine: un africano sul punto di tuffarsi per salvare la croce. Non solo è presente nel dipinto, comparendo come un partecipante naturale nella vita sociale del cinquecento di Venezia, ma una serva bianca sembra quasi tenergli la mano. Sembra che possano essere una coppia, le cui mani si sono appena separate mentre lui si prepara al salto. L'entrata di Wikipedia per il dipinto afferma che 'una donna ... spinge il suo schiavo moro' a saltare.[121] È chiaro che lui non è spinto e che lei stessa è una serva, e la sua padrona sta di fianco a lei.

Come Mantova, dove Isabelle d'Este aveva quasi una ossessione nel comprare bambini neri come schiavi da aggiungere alla sua collezione, schiavi neri erano presenti anche a Ferrara, nella corte in cui Cinzio era una figura eminente. Verso il 1525, la cortigiana (dopo duchessa) di Ferrara, Laura Dianti fu dipinta affianco a un ragazzo nero, un schiavo. La mano di Laura è sulla sua spalla. È un'immagine che dilaga la sua posizione sociale. Immagini di questo tipo soppiantano le prime rappresentazioni 'di fatto' della presenza africana. È un'immagine in cui la sagoma del primo razzismo si può tracciare: ciò segna dominazione e servitù. Immagini come queste si diffusero attraverso l'Europa. L'arte diventò un attrezzo per la razzializzazione.

Matteo Salvadore nota:

---

[121] Miracle of the Cross at the Bridge of S. Lorenzo, https://en.wikipedia.org/wiki/Miracle_of_the_Cross_at_the_Bridge_of_S._Lorenzo accesso 26 ottobre 2024.

"What we see in the sixteenth and seventeenth centuries is a progressive racialization. We have a new image of Africa ... Ideas with respect to Africa which are elaborated to justify the indefensible: the slave trade."[122]

Of course an African presence was not new in Italy. Africans are portrayed on the walls of ancient Pompeii; hardly a matter of surprise for an empire that was as much present on the African shore as on the European. The Italian peninsula has always been a place of diversity - a necessity of its geographic location. We can also see that it contributed to and was part of the European discourse that created not only our ideas about race, but racism itself.

'Seeing' our African past is acutely relevant in our own racist moment: a moment in which the false image of racial, cultural, culinary, national and religious 'purity' still remains virulent. Our desire to exclude, to delegitimize difference, is always against an imagined 'pure' past, that never in fact existed.

Although Elizabethan England might be thought to be 'at the margins' of Europe, the dialogue of Shakespeare's works with stories and ideas from beyond England shows its connectedness with the European and Mediterranean context. In addition, in the 1550s commercial ties flourished. As in literature, in commerce, England turned outwards. In 1600, Abd al-Wahid, Ambassador of Barbary, arrived in London. His handsome portrait was painted to mark the occasion. He came to explore the shared interest England might have in attacking Spain.

---

122 *The Black Italian Renaissance* (2022), at 1: 23 h

"Quello che vediamo nel seicento e nel settecento è una progressiva razzializzazione. Abbiamo una nuova immagine dell'Africa ... Abbiamo idee rispetto all'Africa che vengono elaborate per giustificare l'ingiustificabile: la tratta degli schiavi."[123]

Certamente una presenza africana in Italia non era una novità. Gli africani sono dipinti sulle mura della Pompei antica; non una cosa sorprendente per un impero che era presente sia sulla sponda africana, che quella europea. La penisola italiana è sempre stata un luogo di diversità - una necessità per la sua locazione geografica. Vediamo anche che essa ha contribuito e fatto parte del discorso europeo che ha creato non solo le nostre idee su razza, ma il razzismo stesso.

'Vedere' il nostro passato africano è molto pertinente in questo momento razzista del nostro tempo: un momento in cui immagini false di 'purità' razziale, culturale, culinaria, nazionale e religiosa rimangono virulente. Il nostro desiderio di escludere, di delegittimare la differenza, è sempre su uno sfondo 'puro' immaginario, che in realtà non è mai esistito.

Anche se possiamo pensare che l'Inghilterra sia 'ai confini' dell'Europa, il dialogo delle opere di Shakespeare con i racconti e le idee fuori dall'Inghilterra dimostra la sua associazione con il contesto Europeo e Mediterraneo. In più, dal 1550, i legami commerciali sono fioriti. Come nella letteratura, così nel commercio, l'Inghilterra era orientata all'estero. Nel 1600, l'ambasciatore della Barbaria, Abd al Wahid, arrivò a Londra. Il suo bel ritratto fu dipinto per commemorare l'occasione. Egli venne in Inghilterra per esplorare gli interessi comuni che l'Inghilterra avrebbe potuto avere nell'attaccare la Spagna.

---

[123] *The Black Italian Renaissance* (2022), at 1: 23 h

As a Protestant power, alliances or common interests with Muslim powers against Catholic powers were plausible, but they came to nothing.[124]

As in the Italian peninsula, there were many 'foreigners' living in London, including people from Africa. England's own engagement with the slave trade was beginning in this era. Yet slavery was far from the only status that Africans and Muslims could have in England. Africans were settling in England even in the Tudor period and appear in documents such as parish registries, although we have largely forgotten their existence. They were neighbors. Some were Moriscos, described as black or 'blackamores' by the English. Such people were part of the economic and social life of London and beyond.[125]

Black slaves were being brought to Ireland by the Vikings in the early Middle Ages. The Scottish court had black performers as musicians in the reign of James IV (1473-1513). In 1507, poets in the Scottish court celebrated a 'black lady,' and the king played her champion in a tournament.[126]

---

124 See Alexander, Catherine MS, and Stanley Wells, eds. *Shakespeare and race.* Cambridge University Press, 2000, chapter 23.

125 See Nubia, Onyeka. England's Other Countrymen: Black Tudor Society. Bloomsbury Publishing, 2019.

126 Ibid pp 1-9

Come potenza protestante, le alleanze o gli interessi comuni con poteri musulmani contro quelli cattolici erano plausibili, ma non hanno portato a nulla.[127]

Come nella penisola italiana, c'erano tanti 'stranieri' che abitavano a Londra, inclusa gente dall'Africa. L'Inghilterra già cominciava ad essere coinvolta nella tratta degli schiavi in quest'epoca. Ma la schiavitù non era affatto la sola posizione sociale che gli africani o i musulmani potevano avere in Inghilterra (anche nell'epoca dei Tudor) e si trovano negli atti dei registri parrocchiali, anche se abbiamo dimenticato della loro esistenza. Erano vicini di casa. Alcuni furono Morisco, descritti come neri o 'neri-mori' dagli inglesi. Tali popoli facevano parte dell'economia e della vita sociale di Londra ed oltre.[128]

Gli schiavi neri erano portati in Irlanda dai vichinghi nel primo medioevo.

La corte scozzese aveva musicisti neri nel regno di Giacomo IV (1473-1513). Nel 1507, i poeti della corte scozzese cantavano le lodi di una 'donna nera,' e il re faceva la parte del suo campione in un torneo.[129]

---

[127] Si veda Alexander, Catherine MS, e Stanley Wells, eds. *Shakespeare and race.* Cambridge University Press, 2000, chapter 23.

[128] Si veda Nubia, Onyeka. *England's Other Countrymen: Black Tudor Society.* Bloomsbury Publishing, 2019.

[129] Ibid pp 1-9

The first enslaved Africans appear to have arrived in the reign of Queen Mary in 1555. John Hawkins undertook the first English voyage for the purpose of trading slaves in 1562, selling 300 enslaved Guineans in the Caribbean island of Hispaniola.[130]

As one work so incisively puts it: '*there were Africans in Britain before the English came here.*'[131] That such a statement might surprise us is simply a function of the stereotypes and simplifications of history and identity that are quicker to tell, but which leave out the full story.

Miranda Kaufman shares stories of real 'black' Tudors, such as John Blanke, the trumpeter at the coronation of Henry VIII, participants in Francis Drake's first voyage to circumnavigate the globe, navigators, divers, porters, silk weavers, converts, both men and women. They led diverse lives in the England of their time.[132]

There were indeed enough 'negroes' and 'blackamores' living in England to come to the adverse notice of the government. From 1596, Queen Elizabeth began to issue proclamations for their exclusion. This culminated in a 1601 proclamation to the following effect:

---

130 Ibid.

131 Fryer, Peter. Staying Power: The history of black people in Britain. Pluto Press, 1984, 2018, p 1. They were soldiers; part of a whole division of moors deployed to Hadrians wall by the same Roman Empire that stretched across the Mediterranean.

132 Kaufmann, Miranda. *Black Tudors: the untold story*. Simon and Schuster, 2017.

I primi africani schiavizzati sembrano essere arrivati nel regno della regina Maria I nel 1555. John Hawkins ha intrapreso il primo viaggio inglese con lo scopo della tratta di schiavi nel 1562, vendendo 300 guineani schiavizzati nell'isola Hispaniola dei Caraibi.[133]

Come un'opera ci dice così incisivamente: '*c'erano africani in Britannia prima che gli inglesi venissero qui.*'[134] Che una tale dichiarazione forse ci sorprenda, è semplicemente una funzione degli stereotipi e della semplificazione della storia e dell'identità che sono più facilmente raccontabili, ma che non ci raccontano la storia per intero.

Miranda Kaufman ci racconta di gente Tudor nera reale, come John Blanke, il trombettiere all'incoronazione di Enrico VIII, participanti nel primo viaggio di Francis Drake per circumnavigare il globo, navigatori, tuffatori, tessitori di seta, convertiti, sia uomini che donne. Conducevano vite diverse nell'Inghilterra della loro epoca.[135]

Infatti, c'erano abbastanza 'neri' e 'neri-mori' che abitavano in Inghilterra da attrarre l'attenzione avversa del governo. Dal 1595, la regina Elisabetta comincia a rogare proclamazioni per la loro esclusione. Questo culmina nel 1601 con la seguente proclamazione:

---

133 Ibid.

134 Fryer, Peter. *Staying Power: The history of black people in Britain.* Pluto Press, 1984, 2018, p 1. Furono soldati che facevano parte di un'intera divisione schierata al muro di Adriano dallo stesso impero Romano che si estendeva per il mediterraneo.

135 Kaufmann, Miranda. *Black Tudors: the untold story.* Simon and Schuster, 2017.

> *"Negroes and Blackamoors. – Whereas the Queen's Majesty is discontented at the great number of 'negars and blackamoors' which are crept into the realm since the troubles between her Highness and the King of Spain, and are fostered here to the annoyance of her own people ... in order to discharge them out of this country, her Majesty hath appointed [a merchant] for their transportation ... this is to require you to assist him to collect such negroes and blackamoors for this purpose."*

The politics of race, associated with immigration, are nothing new. However, other political questions were at play, for the proclamation was part of an effort to exchange those expelled with English prisoners held by Spain. As it happened, the expulsion was not widespread nor did it remove the 'dark' population from England. That population continued and indeed by the eighteenth century represented between 1 and 3 percent of the population of the country.[136]

None of this appears in *Othello.*

136 Bartels, Emily C. "Too many blackamoors: Deportation, discrimination, and Elizabeth I." *Studies in English literature, 1500-1900* (2006): 305-322.

"Neri e Neri-mori. – Considerando che sua Maestà la Regina è scontenta del gran numero di 'neri e neri-mori' che si sono insinuati nel regno dal tempo dei guai tra sua Altezza e il Re di Spagna, e si sono piazzati qui all'irritazione del suo popolo ... e per toglierli da questo paese, sua Maestà ha nominato [un mercante] per la loro deportazione ... questo per importi il dovere di rendere assistenza nel raggruppare tali neri e neri-mori per questo scopo."

La politica di razza, associata con l'immigrazione, non è una novità. Nondimeno, altre questioni politiche erano in gioco, perché la proclamazione faceva parte di un tentativo per scambiare gli espulsi con prigionieri inglesi tenuti in Spagna. Alla fine, l'espulsione non si diffuse e non ha rimosso la popolazione 'scura' dall'Inghilterra. Quella popolazione è continuata, e infatti nell'ottocento rappresentava già fra l'uno e il tre percento della popolazione del paese.[137]

Nulla di ciò risulta in *Otello.*

---

[137] Bartels, Emily C. "Too many blackamoors: Deportation, discrimination, and Elizabeth I." *Studies in English literature, 1500-1900* (2006): 305-322.

As Nubia Onyeka notes, we know the story of a fictional character (Othello), who never lived in England, but we don't know the stories of these real people. Their voices do not speak to us from *Othello*. Rather, we hear the voices of a society that sees them as strangers.[138] [139]

The further we explore the question of racism in Shakespeare's world, the more we become aware of its existence or representation across the Shakespearean canon. *Othello* is just the tip of the iceberg. *Titus Andronicus, the Merchant of Venice, Henry VIII, the Sonnets, A Midsummer Night's Dream, King Lear, Henry V, Anthony and Cleopatra* and *the Tempest* may all be cited as 'concerned,' at least in part, with race.

Racial 'others' include Blacks, Moors, Jews and the Irish. Whether Shakespeare's writings are 'racist' is heavily debated, but we can be certain they represent ideas about race and reflect the racism that was present in the writer's society (even if the word we use today for it did not yet exist).

---

138 See Nubia, Onyeka. England's Other Countrymen: Black Tudor Society. Bloomsbury Publishing, 2019.

139 For further on the history of racism see Evial-Eldon, Miriam, Isaac, Benjamin and Ziegler, Joseph. *The Origins of Racism in the West*. Cambridge University Press, 2009. The volume contains a series of essays on the origins of racism and the concept of race from the era of the ancient Greeks to the modern period.

Come Nubia Onyeka nota, conosciamo la storia di un personaggio fittizio (Otello) che non ha mai vissuto in Inghilterra, ma non conosciamo le storie di queste vere persone. Le loro voci non ci parlano da *Otello,* anzi, sentiamo le voci di una società che li vede come stranieri.[140] [141]

Più esploriamo la questione del razzismo nel mondo di Shakespeare, più diventiamo consapevoli della sua esistenza o rappresentazione nell'intero canone shakespeariano. *Otello* è solo la punta dell'iceberg. *Tito Andronico, il mercante di Venezia, Enrico VIII, i sonetti, Sogno di una notte di mezza estate, Re Lear, Enrico V, Antonio e Cleopatra* e *La tempesta,* possono essere tutti considerati 'interessati,' almeno in parte, alla razza.

Gli 'altri', che sono razzializzati, comprendono neri, mori, ebrei e irlandesi. Se le opere di Shakespeare siano 'razziste', è fortemente discuso. Qualunque sia il caso, possiamo essere sicuri che le sue opere rappresentano idee di razza e del razzismo presenti nella società dello scrittore (anche se la parola che applichiamo oggi ancora non esisteva).

---

140 Si veda Nubia, Onyeka. England's Other Countrymen: Black Tudor Society. Bloomsbury Publishing, 2019.

141 Per una approfondimento sulla storia del razzismo si veda Evial-Eldon, Miriam, Isaac, Benjamin and Ziegler, Joseph. *The Origins of Racism in the West.* Cambridge University Press, 2009. Quest'opera contiene una serie di saggi sull'origine del razzismo e sul concetto di razza dall'epoca degli antichi greci all'epoca moderna.

It is no accident that this 'racialized' consciousness coincided with England's development as a colonial power and with a growing 'national' consciousness. Indeed, Shakespeare made a significant contribution to that consciousness.

England's first colony in the Americas was not established until the reign of Elizabeth I. Already, however, in the reigns of Henry VIII and Queen Elizabeth, England had engaged in a brutal colonial enterprise in Ireland, which provided a matrix for both anti-Irish and anti-Catholic sentiment. Ireland was a training ground for imperial and colonial tendencies. These tendencies England later put into practice around the world. In the succeeding centuries England's colonial power only grew and with it a racism that ultimately came to be thought 'scientific.'

Italy, as the Renaissance progressed, became more a colonial possession than a colonial power. Much of what is today Italy was incorporated within the Spanish Hapsburg empire.

This of course did not mean an absence of 'racism' or 'prejudice' against others in the Mediterranean context. However, Italy's own racist 'moment' would really only follow on its unification as a single country.

In some senses, Italy's trajectory followed England's, although centuries later. Like the Irish, in the English case, the people of Southern Italy provided the training ground for the colonial ambitions of the newborn Italian state.[142]

---

[142] See Whelehan, Niall. "Revolting Peasants: Southern Italy, Ireland, and Cartoons in Comparative Perspective, 1860-1882." *International Review of Social History*, vol. 60, no. 1, 2015, pp. 1-35. *JSTOR*, https://www.jstor.org/stable/26394721. Accessed 10 Mar. 2024; Shinn, Christopher A. "Inside the Italian Empire: Colonial Africa, Race Wars, and the 'Southern Question'." *Shades of Whiteness* (2019): 37.

Non è casuale che questa attitudine 'razziale' coincida con lo sviluppo dell'Inghilterra come una potenza coloniale e con la crescente coscienza 'nazionale' nel paese. Infatti, Shakespeare contribuì significativamente a quella crescita.

La prima colonia inglese nelle Americhe non fu fondata fino al regno di Elisabetta I. Tuttavia, già durante i regni del Enrico VIII e di Elisabetta I, l'Inghilterra aveva perseguito un'impresa colonialista brutale in Irlanda, che diede la matrice sia al sentimento contro gli irlandesi che contro il popolo cattolico. L'Irlanda era un campo di allenamento per le tendenze imperialistiche e colonialiste dell'Inghilterra che dopo sono state messe in pratica nel mondo intero. Nei secoli seguenti il potere colonialista dell'Inghilterra cresceva e insieme ad esso un razzismo che venne infine considerato 'scientifico'.

L'Italia, nel Rinascimento, diventò più un possedimento coloniale che una potenza coloniale. Tanto del territorio che si trova oggi dell'Italia era incorporato nell'impero spagnolo della casa Asburgo.

Di certo, questo non significava un'assenza di 'razzismo' o 'pregiudizio' contro altri nel contesto mediterraneo. Tuttavia, il momento 'razzista' dell'Italia arrivò veramente solo dopo la sua unificazione. In certi sensi, la traiettoria dell'Italia segue quella dell'Inghilterra, anche se secoli dopo. Come gli irlandesi nel caso dell'Inghilterra, i popoli del Sud Italia hanno fornito il campo di allenamento per le ambizioni colonialiste del neonato stato italiano.[143]

---

[143] Si veda Whelehan, Niall. "Revolting Peasants: Southern Italy, Ireland, and Cartoons in Comparative Perspective, 1860-1882." *International Review of Social History*, vol. 60, no. 1, 2015, pp. 1-35. *JSTOR*, https://www.jstor.org/stable/26394721. Accesato 10 mar 2024; Shinn, Christopher A. "Inside the Italian Empire: Colonial Africa, Race Wars, and the 'Southern Question'." *Shades of Whiteness* (2019): 37.

After a brutal civil war in southern Italy itself to pacify the 'conquered,' the Italian state directed its ambitions to colonialism in Africa. This trajectory reached its nadir in the brutality, imperialism, racism and antisemitism of the Fascist era. However that extreme was a continuation of the tendencies of the state that preceded it.

This is not the place for a comprehensive review of the literature nor for an extended study of the question of racism in Shakespeare. However a consideration of the sonnets leaves little doubt of how profoundly *racialized* the writer was. Shakespeare is an idolised national figure and it is, for many, a difficult question to confront.

The 'Dark Lady' of the sonnets is often alluded to, with an air of awed mystery (her identity never having been firmly established). Amelia Bassano Lanier, herself a writer, is one candidate often proposed. While there does not seem particular evidence to substantiate this, there is a link between Amelia and Othello. The name Othello appears likely to be based on *Otello,* a surname from Amelia Bassano's ancestral hometown. It rose to some notoriety through a Jesuit from Bassano by the name Giuseppe Otello.[144] Interestingly, Amelia's first name is used for a character in *Othello* (as well as other plays), and names similar to her surname are used in *The Merchant of Venice* and *Titus Andronicus.*

These links have also led to speculation that Amelia was not only the Dark Lady, but also that she might explain Shakespeare's knowledge of Italy, and that she was a potential co-author of Shakespeare's plays.[145] Amelia was in fact the first female poet to be published in the English language.

---

144 William Shakespeare, Othello, Arden 3rd Edition, p 334

145 See, Hudson, John. Shakespeare's Dark Lady: Amelia Bassano Lanier The Woman Behind Shakepeare's Plays? Amberley Publishing Limited, 2014.

Dopo una spietata guerra civile nell'Italia del Sud per pacificare i 'conquistati', lo stato italiano ha spostato le sue ambizioni in Africa. Questa traiettoria arrivò al suo nadir di brutalità , l'imperialismo, il razzismo e l'antisemitismo durante l'epoca fascista. Questo estremo era comunque una continuazione delle tendenze dello stato che l'hanno preceduto.

Questo non è il luogo adatto ad una revisione comprensiva della letteratura né ad un studio esteso sulla questione del razzismo in Shakespeare. Nondimeno, considerando i sonetti restano poco dubbi su quanto lo scrittore fosse profondamente *razzializzato*. Shakespeare è una figura nazionale adorata e, per tanti, è una questione difficile ad affrontare.

La '*Donna scura*' dei sonetti è frequentemente nominata, con un'aria di mistero reverenziale (non essendo mai chiaramente stabilita la sua vera identità). Amelia Bassano Lanier, anche lei scrittrice, è una candidata frequentemente proposta per questa figura. Sebbene non sembri che ci siano abbastanza prove per sostenerlo, c'è indubbiamente un legame fra Amelia e *Otello*. Il nome Otello è probabilmente basato sul cognome Otello che si trovava nel paese nativo della sua famiglia. Il cognome ottenne una grande notorietà per un gesuita da Bassano dal nome Giuseppe Otello.[146] Notevolmente, il nome di Amelia è adoperato in *Otello* (insieme ad altri drammi), e nomi simili al suo cognome sono usati nel *Mercante di Venezia* e *Tito Andronico*.

Tali legami hanno portato alla congettura che Amelia non fosse solo la *Donna scura,* ma anche una co-autrice dei drammi di Shakespeare.[147] Amelia è stata infatti la prima poetessa pubblicata in lingua inglese.

---

146 William Shakespeare, Othello, Arden 3rd Edition, p 334

147 Si veda Hudson, John. Shakespeare's Dark Lady: Amelia Bassano Lanier The Woman Behind Shakepeare's Plays? Amberley Publishing Limited, 2014.

In any case, to return to the theme, the writer of the sonnets found himself fixated on the 'transgressive' nature of his love for the Dark Lady. A reasonable reading of the sonnets devoted to her suggests that she is likely of African heritage in whole or in part. The sonnets both praise her as 'fairest' (despite her color of her skin) but condemn her character as 'black as hell,' alluding also to the color of her skin.

The sonnets perhaps track the rise and fall of a relationship, but it is a relationship which is seen or presented by the poet through a racial lens. Black and white are used as markers of a person's character.

The writer is aware that the society around him is hostile to unions between white and black.

The poet at first disdains that hostility, proudly proclaiming his unconventional union even writing, in his own words: 'black is beautiful.' Yet he then frames the decline of the relationship in racial (and misogynistic) terms. At face value it is an intimate portrait of how race played in the mind of the poet.

Despite the fact that it is 'right there on the page,' for decades scholars tied themselves in knots on the question of whether the Dark Lady was even black.[148] More recent scholarship is more open on this point, as is its conclusion that the text is marked by racism.[149]

---

148 See for example Fleissner, Robert F. "THAT 'CHEEK OF NIGHT': TOWARD THE DARK LADY." *CLA Journal*, vol. 16, no. 3, 1973, pp. 312-23. *JSTOR*, http://www.jstor.org/stable/44328518. Accessed 10 Mar. 2024.

149 See for example, La Perle, Carol Mejia. "Race and Affect in Early Modern English Literature" ed. by Carol Mejia LaPerle. "*The Racialized Affects of Ill-Will in the Dark Lady Sonnets*" (2023), chapter 8

In ogni caso, per tornare al tema, lo scrittore dei sonetti era ossessionato dalla natura *trasgressiva* del suo amore per la Donna Scura. Una lettura ragionevole dei sonetti dedicati a lei suggerisce che lei fosse probabilmente di origine Africana, in tutto o in parte. I sonetti in parte la lodano come la più 'bella' o più bianca (*'fairest'*,[150] nonostante la sua pelle scura) e in parte la condannano come 'nera come l'inferno'.

I sonetti forse inseguono le tracce dell'ascesa e della caduta di una relazione, ma una relazione che è vista (o presentata) dal poeta attraverso una lente razziale. Bianco e nero sono adoperati come etichette del carattere della persona.

Lo scrittore è consapevole che la società che lo circonda sia ostile all'unione fra bianchi e neri.

Al principio il poeta disdegna tale ostilità, proclamando fieramente la sua relazione anticonformista, scrivendo addirittura con le sue stesse parole che 'black is beautiful' (nero è bello). Ma poi inquadra il declino della relazione in termini razziali (e misogini). A prima vista è un ritratto intimo di come le idee di razza suonavano nella testa del poeta.

Nonostante il fatto che sia 'proprio lì sulla pagina', per decenni gli studiosi si sono arrovellati sulla questione che la Donna scura fosse veramente nera.[151] I saggi più recenti sono più aperti sul punto, e anche sulla conclusione che il testo è segnato dal razzismo.[152]

---

150 In inglese la parola 'fair', riferita ad una donna può significare sia 'bella' che 'chiara' o 'bianca' di carnagione.

151 Si veda per esempio Fleissner, Robert F. "THAT 'CHEEK OF NIGHT': TOWARD THE DARK LADY." *CLA Journal*, vol. 16, no. 3, 1973, pp. 312-23. *JSTOR*, http://www.jstor.org/stable/44328518. accesso 10 mar. 2024.

152 Si veda per esempio, La Perle, Carol Mejia. "Race and Affect in Early Modern English Literature" ed. by Carol Mejia LaPerle. "*The Racialized Affects of Ill-Will in the Dark Lady Sonnets*" (2023), capitolo 8

Some have sought to avoid the issues of race by saying the text ought not be read literally. Even if they are correct, the racialised content is the surface meaning which has been read down the centuries.

In *Othello* we see the same ambiguities. Othello's 'beauty' and 'nobility' are seen, but as we shall see, ultimately Othello's fall, like the Dark Lady's, is interpreted in racial terms. The conclusion is *racist*, in a purely definitional sense.

Nonetheless, we also need to recall that England's history of racist and colonial oppression was yet to come, not to mention the worst excesses of nineteenth and twentieth century racism across the world. A simplistic equation of racism today with the growing racism of Elizabethan England is inaccurate.

While in Cinthio the issue of race is secondary to those of domestic violence, race is a thread running through the novella. Shakespeare takes that thread and reshapes the story so as to make race and racism a more central theme in his play.

Bovilsky observes:

> *"The early modern period [1580s-1605] ... appears to be a critical time in which the modern forms of race and racism emerged and began to calcify. For the English, the popular drama of this time, which favoured plots of interracial desire, racial disguise, and racial fluidity, was instrumental in transmitting some of the central, enduring tropes that would characterize race in modernity."*[153]

---

[153] Bovilsky, Lara. Barbarous Play: Race on the English Renaissance Stage. University of Minnesota Press, 2008, p 136

Alcuni studiosi hanno cercato di evitare le questioni di razza, asserendo che il testo non dovrebbe essere letto letteralmente. Anche se avessero ragione, il contenuto razzializzato è il significato superficiale che è stato letto lungo i secoli.

In *Otello* troviamo la stessa ambiguità. La 'bellezza' di Otello e la sua 'nobiltà' sono osservati, ma come vedremo alla fine, la caduta di Otello, come quella della Donna scura, è interpretata in termini razziali. La conclusione è *razzista,* in senso definitorio.

Nondimeno, dobbiamo anche ricordare che la storia del razzismo e dell'oppressione coloniale dell'Inghilterra non erano state ancora scritte, senza fare menzione ai peggiori abusi del razzismo nei secoli diciannovesimo e ventesimo in tutto il mondo. Una semplice corrispondenza fra il razzismo di oggi e il crescente razzismo nell'Inghilterra elisabettiana è inesatta.

Sebbene in Cinzio la questione di razza sia secondaria a quella della violenza familiare, la razza è un filo conduttore in tutta la novella. Shakespeare riprende quel filo e lo rimodella nel racconto per fare della razza e del razzismo un tema più centrale nel suo dramma.

Bovilsky osserva:

> *"Il periodo moderno [1580-1605] ... sembra essere un'epoca decisiva in cui le forme moderne di razza e razzismo hanno cominciato ad apparire e solidificarsi. Per gli inglesi, il dramma popolare di questo tempo, che favoriva le storie sul desiderio interrazziale, il travestimento e la fluidità razziale erano strumenti per trasmettere alcuni dei tropi centrali e duraturi che caratterizzarono la razza nella modernità."*[154]

---

[154] Bovilsky, Lara. Barbarous Play: Race on the English Renaissance Stage. University of Minnesota Press, 2008, p 136

Neill highlights the contradictions of speaking about 'race' with regard to *Othello,* while at the same time identifying it as a 'foundational' text in the 'emergence of modern European racial consciousness:'

> *" 'I THINK THIS PLAY IS RACIST, AND I THINK IT IS NOT': Virginia Vaughan's perplexed response to Othello is symptomatic of the problems faced by late-twentieth-century critics in approaching the racial dimension of Shakespeare's play. For if the work of recent scholars has taught us anything about early modern constructions of human difference, it is that any attempt to read back into the early modern period an idea of 'race' based on post-Enlightenment taxonomy is doomed to failure. To talk about race in Othello is to fall into anachronism; yet not to talk about it is to ignore something fundamental about a play that has rightly come to be identified as a foundational text in the emergence of modern European racial consciousness - a play that trades in constructions of human difference at once misleadingly like and confusingly unlike those twentieth-century notions to which they are nevertheless recognizably ancestral ..."*[155]

Simply in terms of volume, there is far more racist content in the play than the novella. This racist content we find primarily, but not exclusively, in the mouths of Iago and Brabantio (Desdemona's father in the play).

---

155 Neill, Michael. "'Mulattos,' 'Blacks,' and 'Indian Moors': Othello and early modern constructions of human difference." Shakespeare Quarterly 49.4 (1998): 361-374.

Intanto Neill sottolinea la contraddizione di parlare di 'razza' riguardo ad *Otello*, e allo stesso tempo lo segnala come un testo 'fondamentale' nell'emergere 'del sentimento razziale moderno in Europa':

> *" 'Penso che questo dramma sia razzista, e che non lo sia': La risposta perplessa di Virginia Vaughan è sintomatica dei problemi a cui si affacciavano i critici del tardo ventesimo secolo nell'avvicinarsi alla dimensione razziale del dramma di Shakespeare. Perché, se il lavoro di studiosi recenti ci ha insegnato qualcosa sui primi concetti di diversità umana, è che qualsiasi sforzo di leggere nell'epoca rinascimentale l'idea di 'razza', basata sulla tassonomia illuministica, è destinato a fallire. Parlare di razza in Otello significa cadere in un anacronismo; eppure non parlarne significa ignorare qualcosa di fondamentale riguardo a un dramma che giustamente è stato identificato come un testo fondamentale nell'emergere del sentimento europeo moderno di razza - un dramma che baratta le costruzioni della diversità umana, allo stesso tempo ingannevolmente simili e confusamente diversi dalle idee del ventesimo secolo in cui, nondimeno, sono riconoscibilmente ancestrali ..."*[156]

Semplicemente in termini di volume, c'è molta più materia razzista nel dramma piuttosto che nella novella. Questa materia razzista la troviamo principalmente, ma non esclusivamente, nelle parole di Iago e Brabantio (il padre di Desdemona nel dramma).

---

156 Neill, Michael. "'Mulattos,' 'Blacks,' and 'Indian Moors': Othello and early modern constructions of human difference." Shakespeare Quarterly 49.4 (1998): 361-374.

Iago is of course a study in manipulative malevolence. There is no doubt that Shakespeare intended the character to be understood as morally repulsive. When well acted, the character can be terrifying. He wields a power of suggestion, using both truth and lies, good and evil to create a web which destroys Othello and Desdemona.

Iago is also a study in racist thinking, which is integral to his evil. Both at the beginning and as the play proceeds we hear Iago declare his hatred of 'the moor.' At the beginning we learn that the hatred is because Othello has preferred Cassio over him. Later more complex motives are suggested. Iago's use of racialized weapons to pursue his personal agenda is consistent with the nature of racism, which is often deployed with a self-interested agenda. It is another form of 'deception', that sits well in the mouth of a deceiver like Iago. We cannot know if Iago believes what he says, but of course it does not matter. In this sense, Shakespeare (as he often does) presents us with an insightful pen portrait of a particular human behavior: the grossest forms of racism. The playwright has almost certainly observed something like it in life.

Iago's first attack on Othello manipulates Brabantio's racist anxieties with highly racist epithets concerning the sexual relations between his daughter and a black man. Their love is portrayed as bestial; its progeny, as the progeny of the devil.

Iago, certamente, è uno studio della malevolenza manipolatrice. Non c'è dubbio che Shakespeare volesse che il personaggio venisse capito come moralmente ripugnante. Quando è ben rappresentato, il personaggio può essere terrificante. Esercita un potere di suggestione, adoperando sia la verità che la menzogna, il bene e il male, per tessere una ragnatela che distrugga sia Otello che Desdemona.

Iago è in più uno studio sul pensiero razzista, che è integrale al male di Iago. Sia al principio che durante il dramma sentiamo Iago dichiarare il suo odio per 'il moro'. Al principio impariamo che il motivo per questo odio è il fatto che Otello ha preferito Cassio a lui. Dopo, motivi più complessi sono suggeriti. Come Iago adopera delle armi razzializzate, per portare avanti il suo piano personale, è coerente con il carattere del razzismo. È un'altra forma di 'inganno', che sta bene nella bocca di un ingannatore come Iago. Non possiamo sapere se Iago creda a quello che dice, ma ovviamente questo non ha importanza. In questo senso, Shakespeare (come fa frequentemente), ci presenta un ritratto incisivo di un particolare comportamento umano: la più disgustosa forma di razzismo. Il drammaturgo, quasi certamente, ha osservato nella vita vera qualcosa come quello che dipinge.

Il primo attacco di Iago contro Otello manipola le ansie razziste di Brabantio adoperando epiteti molto razzisti riguardo alle relazioni sessuali fra sua figlia e un uomo nero. Il loro amore è rappresentato come bestiale; la sua progenie, come progenie del Demonio.

Brabantio reacts by claiming that Othello is a practicer of sorcery who has ensnared his daughter. He expresses a broader racial anxiety about non-whites in English society with words such as *"if such actions may have passage free, Bond-slaves and pagans shall our statesmen be."*[157] He portrays blackness as repulsive and his daughter's love of Othello as beyond comprehension: so unnatural as only to be explained by witchcraft.

Othello, however, explains their love as moved by Desdemona's pity as she learned his life story, when Othello was a guest in Brabantio's home. Desdemona herself explains her love as moved by his "honor and his valiant parts."

The complexity of Othello's social situation is unfolded. He is a military leader, admired, desired, trusted and wielding power over others. However, he is separated by his cultural and racial foreignness from those around him. In some minds, he is not fit to be family. Brabantio's parting words to Othello condemn his daughter as a deceiver. She has deceived her father, and might deceive Othello.

The content just described is virtually absent from Cinthio's novella. A single mention in Cinthio's novella of Desdemona's family's opposition to her marriage is expanded by Shakespeare into the kind of content described above.

Racial barbs continue in the play. Iago dismisses Othello as an "*erring barbarian,*" – "*moors are changeable.*" The mere suspicion (as rumored) that Othello has slept with Iago's own wife (Emilia), is enough to justify the death that he plans for Othello.

---

157 Shakespeare, Othello, Act 1, Scene 2

Brabantio reagisce asserendo che Otello è un praticante di stregoneria che ha intrappolato sua figlia. Egli dà voce ad una più ampia ansia razziale riguardo a genti non bianche nella società inglese con parole come *"se tali azioni avessero passaggio libero, schiavi e pagani un giorno nostri comandanti saranno."*[158] Brabantio rappresenta la nerezza come ripugnante e l'amore di sua figlia per Otello come fuori da ogni comprensione: talmente snaturata da essere spiegabile solo con la magia.

Otello, invece, spiega che il loro amore è motivato dalla pietà di Desdemona quando lei ha conosciuto la storia della sua vita, mentre Otello era ospite nella casa di Brabantio. Desdemona stessa spiega il suo amore come motivato dal "suo onore e qualità coraggiose."

La complessità della situazione sociale di Otello è esposta. È un capo militare, ammirato, desiderato, fidato ed esercita potere su altri. Nondimeno, è separato da coloro che lo circondano per ragioni di cultura e di estraneità razziale. Per certe menti non è grado di far parte della famiglia. Le ultime parole che Brabantio gli rivolge condannano sua figlia come un'ingannatrice. Se è riuscita ad ingannare suo padre, potrebbe anche ingannare Otello.

La materia appena discussa è quasi completamente assente nella novella di Cinzio. Un solo accenno nella novella riguardo all'opposizione della famiglia al matrimonio è ampliato da Shakespeare nella materia che è stata scritta in precedenza.

I dardi razziali continuano nel dramma. Iago vede Otello come "*barbaro aberrante*", "*i mori sono mutevoli*". Solo il sospetto (come si vocifera) che Otello sia andato a letto con la moglie di Iago (Emilia), è sufficiente per giustificare la morte che pianifica per Otello.

---

158 Shakespeare, Othello, Atto primo, scena seconda

The play also uses 'black' and 'white' or 'fair' as dyads for representations of evil and good throughout the play. 'Venetian' and 'Moorish' are used in a similar vein, with Venice representing 'nobility' and 'Moorish' bestiality. Othello expresses this kind of sentiment in his closing speech. In his own words, Othello's 'Venetian' and 'noble' part slays his Moorish or Turkish body.

Such a conclusion is racist in concept, for it equates character with racial background. Any nobility in Othello is *Venetian;* his jealousy and murderous part is "*the circumcised dog,*" the "*malignant and ... turban'd Turk*", who he "*once slew in Aleppo*". Having finished his words, Othello re-enacts that killing on himself as self-imposed justice for his murder of Desdemona. In the same scene, he compares himself to the "*base Indian*" (or "*base Judean*") who threw away the pearl, adding 'ignorance' to the other racial defects that the final speech highlights. A further racial subtext of Othello's conclusion is that such 'foreignness' cannot be assimilated into 'civilized' society. Other views in the play, however, challenge Othello's conclusion above. The Doge (implicitly affirming that character is what is important) suggests to Brabantio that "*if virtue no delighted beauty lack, Your son-in-law is more fair than black.*" Cassio laments that he has lost his reputation: '*the immortal part of myself,*' the remainder is '*bestial,*' also implicitly valuing character and suggesting that physicality as unimportant.

It might be argued that Shakespeare is here unveiling the inner 'contradictions' of the character: that the 'cause' of his downfall is connected with his reality as an 'outsider,' that an unexpressed self-loathing, and inferiority complex grown from that reality, was the weakness that Iago exploited to bring him down.

Perhaps Shakespeare intends to portray an Othello who, despite his crime, still seeks to reaffirm his membership of the Venetian community, by atoning for his crime.

In più, il dramma adopera 'nero' e 'bianco' o 'chiaro' come diade per rappresentare il male e il bene attraverso il dramma. 'Veneziano' e 'moro' sono usati in modo simile, così che Venezia rappresenti la 'nobiltà' e 'moro' la bestialità. Nelle sue stesse parole, la parte 'Veneziana' e 'nobile' di Otello giustizia il suo corpo 'moro' o 'turco'.

Tale conclusione è razzista nel concetto, perché fa equivalere il carattere con la provenienza razziale. Qualsiasi nobiltà di Otello è *Veneziana;* la sua parte gelosa e micidiale è "*il cane circonciso*" il "*malvagio ... turco con turbante*', che '*una volta aveva ucciso ad Aleppo*'. E quando ha finito il suo discorso, Otello rievoca quell'omicidio, uccidendo sé stesso per espiare l'omicidio di Desdemona. Nella stessa scena, confronta sé stesso con '*l'indiano basso*' *(o il 'giudeo basso*') che ha gettato via la perla, aggiungendo ignoranza agli altri difetti che le sue ultime parole sottolineano. Un altro sottotesto razziale della conclusione di Otello è che tale 'estraneità' non si può assimilare in una società 'civile'. Altre opinioni nel dramma, tuttavia, sfidano la conclusione di Otello. Il Doge (implicitamente afferma che carattere e non colore or razza e la cosa importante) suggerisce a Brabantio che "*se virtu niente bellezza manca, vostro genero e più [bianco/bello] che nero.*" Cassio si lamenta che ha perso la sua reputazione: '*la parte immortale di me stesso*', e il resto e '*bestiale*', pure lui implicitamente valuta carattere e suggerisce che il corpo fisico non ha alcun importanza.

Si potrebbe sostenere che Shakespeare qui svela le contraddizioni 'interiori' del personaggio: la ragione per la sua caduta è connessa con la sua realtà come 'estraneo', un odio inespresso per sé stesso, e un complesso di inferiorità nato da quella realtà; il punto debole che Iago sfrutta per distruggerlo.

Forse Shakespeare vuole rappresentare un Otello che, nonostante il suo crimine, ancora cerca di riaffermare la sua adesione alla società veneziana, facendo ammenda per il suo crimine.

Nonetheless, to the casual observers who have seen this play, which has been performed countless times down the centuries, the racial subtext is a prominent 'take-home' message.

We have already discussed the closing scenes for their misogynist elements. However, by fixing responsibility for the crime on the "*malignant ... Turk*" they also implicitly distance the English audience from the gendered violence the play is about. In this way, the play's focus on race loses the opportunity for a deeper conversation about gendered violence in the English context. In this regard, Shakespeare's plot changes undermine Cinthio's intent of fostering a conversation about gender relations.

In Cinthio's tale, Othello's final demise is different. Despite his remorse for killing Desdemona, he faces death with pride and fearlessness. Under torture he does not confess. Exiled, he is later murdered by Desdemona's relatives, who take revenge for her murder. Iago, on the other hand, continues his evil manipulation with new victims, eventually resulting in his own torture and death.

Cinthio concludes that they both met their just end.

Perhaps the most perceptive investigation of race in Cinthio's tale is that by Karina Attar, in her *Genealogy of a Character: A Reading of Giraldi's Moor.*[159]

She begins by noting the superficiality of many English language assessments of Cinthio's tale as a 'clichéd narrative about justice, honor and loyalty that recycles one-dimensional characters.' She shows that in fact, Cinthio departs in complex ways from the tropes and stereotypes of the Italian novella tradition.

---

[159] Attar, Karina Feliciano. "Genealogy of a character: A reading of Giraldi's Moor." *Visions of Venice in Shakespeare* (2016): 47-64.

Nondimeno, agli osservatori casuali che hanno visto il dramma, rappresentato più volte lungo i secoli, il legame razziale è il messaggio ultimo con cui lasciano il teatro.

Abbiamo già discusso le ultime scene per il loro contenuto misogino. Comunque, fissare la responsabilità per il crimine al "*malvagio ... turco*", allontana il pubblico inglese dalla violenza familiare di cui tratta il dramma. In questo modo, il fuoco del dramma sulla razza, perde l'opportunità di un discorso più profondo sulla violenza di genere nel contesto inglese. A questo proposito, i cambiamenti di Shakespeare nella trama vanno contro l'intenzione di Cinzio di promuovere un discorso sulle relazioni fra i generi.

Nel racconto di Cinzio, la fine di Otello è diversa. Nonostante il suo rimorso per la morte di Desdemona, affronta la sua morte con orgoglio e senza paura. Non confessa sotto tortura. Esiliato, è poi ucciso dalla famiglia di Desdemona, che vendica il suo omicidio. Iago invece continua le sue manipolazioni malevole con nuove vittime, finalmente portando alla sua stessa tortura e morte.

Cinzio conclude che entrambi abbiano avuto una giusta fine.

Forse la più acuta investigazione sulla questione di razza nel racconto di Cinzio è quella di Karina Attar, nella sua *Genealogy of a Character: A Reading of Giraldi's Moor.*[160]

Ella comincia notando la superficialità di tante analisi nella lingua inglese del racconto di Cinzio come 'una narrativa stereotipata di giustizia, onore e lealtà che ricicla personaggi unidimensionali'. Attar dimostra che, infatti, Cinzio varia in modi complessi da tropi e stereotipi delle tradizionali novelle italiane.

---

[160] Attar, Karina Feliciano. "Genealogy of a character: A reading of Giraldi's Moor." *Visions of Venice in Shakespeare* (2016): 47-64.

In summary, this literature presents two 'moorish' models: the noble moor, who appears in a martial context; and the lascivious moor, who appears in sexual unions between black and white. Typically such unions are portrayed as bestial, lascivious and often violent. Matteo Bandello (disappointingly) was one of those who included such portrayals in his collection, as Attar notes. In Shakespeare, we see the same trope of the 'lascivious Moor,' in Iago's baiting of Brabantio.

Attar observes how the material on race in Cinthio's novella is rendered ambiguous by the narrative Cinthio provides. The opening objection of Desdemona's family to her marriage is inverted by the extended description of marital bliss of the couple and Othello's respected standing in Venetian society. Cinthio emphasises the love and gentleness between the couple which did not even admit "*a less than loving word.*" Iago must work hard to find an opportunity to break their bond and trust. Among his stratagems, he uses racist language. He torments Othello with the words: "*already, she has grown weary of your blackness.*"[161]

Opposites are an important theme in Cinthio. Attar notes that Cinthio, in introducing his cycle of stories about fidelity and infidelity in marriage, observes:

---

[161] See also Dennis Austin Britton, "Contaminatio, Race, and Pity in Othello" in Rethinking Shakespeare Source Study, edited by Dennis Austin Britton and Melissa Walter (Routledge, 2018).

In breve, questa letteratura presenta due modelli di 'moro': il moro nobile, che si vede nel contesto marziale; e il moro lascivo, che compare nelle unioni sessuali fra neri e bianchi. Tipicamente, tali unioni sono rappresentate come bestiali, lascive e frequentemente violente. Anche Matteo Bandello (sfortunatamente) include rappresentazioni di questo tipo nella sua collezione, come nota Attar. In Shakespeare, vediamo lo stesso tropo del 'Moro lascivo' nel modo in cui Iago adesca Brabantio.

Attar osserva come la materia sulla razza nella novella di Cinzio è resa ambigua dal modo in cui Cinzio ci racconta la storia. L'opposizione della famiglia di Desdemona al principio del racconto è capovolta dalla lunga descrizione della felicità matrimoniale della coppia e dal rispetto dato ad Otello nella società veneziana. Cinzio sottolinea l'amore e la dolcezza tra di loro, che non permette neanche una "*parola men che amorevole*." Iago deve faticarsi per trovare l'opportunità di rompere il loro legame e la loro fiducia. Fra i suoi stratagemmi, usa il linguaggio razzista. Tormenta Otello con parole come: "*già è venuta a noia questa vostra nerezza*."[162]

Gli opposti sono un tema importante in Cinzio. Attar nota che quando introduce il suo ciclo sul racconti di fedeltà e infedeltà nel matrimonio Cinzio osserva:

---

162 Si veda anche Dennis Austin Britton, "Contaminatio, Race, and Pity in Othello" in Rethinking Shakespeare Source Study, edited by Dennis Austin Britton and Melissa Walter (Routledge, 2018).

> *"... opposites placed next to each each other are more clearly discerned ... so [with] white next to it, black is much more apparent, and the dark, which brings with it vice, causes the brilliant rays of virtue to shine forth more clearly ..."*[163]

Yet the opposites of Cinthio's story are not skin color at all. They are the malevolence and cunning of Iago and the loving innocence and naiveté of Desdemona.

Nonetheless, although openly racist content is rare in the novella, it does occur as the reader will have seen. It is curiously found for example in the mouth of Desdemona, firstly when she says to Othello:

> *"But you moors are so hot of temperament, that any little thing can move you to anger or vendetta."*

Attar notes the fact that in the story itself, it turns out to be actually quite difficult to move Othello to anger.

In another place Desdemona expresses her anguish about the implications of Othello's suspicions against her. She does not express concern for her fate, rather Cinthio has her say.

---

163 Attar, Karina Feliciano. "Genealogy of a character: A reading of Giraldi's Moor." *Visions of Venice in Shakespeare* (2016): 50. Attar notes that Cinthio's words could be read as suggesting that Cinthio wanted to warn readers against interracial marriage. Yet in introducing the story of Othello, a character in the frame narrative who tells it, does not suggest that that is the point of the story. Rather it is introduced as about the 'insidious webs of a viscous soul' and the 'naiveté of the credulous.' Attar further notes that the story ironically undermines judging by appearances.

> *"... un contrario posto appresso l'altro più chiaramente si conosca, ... perché il bianco appresso al nero si scuopre vie più chiaro, & l'oscuro, che porta con lui il vitio, fa vie comparere i raggi luccentissimi della virtù ..."*[164]

Gli opposti del racconto di Cinzio non riguardano affatto il colore della pelle, ma la malevolenza e la furbizia di Iago, contro l'innocenza amorevole e l'ingenuità di Desdemona.

Nondimeno, anche se il materiale apertamente razzista è raro nella novella, è comunque presente, come il lettore avrà notato. Curiosamente si trova per esempio nelle parole di Desdemona, in primo luogo quando dice ad Otello:

> *"Ma voi Mori siete di natura tanto caldi, che ogni poco di cosa vi move ad ira ed a vendetta."*

Attar nota il fatto che nel racconto stesso, è alquanto difficile provocare la rabbia in Otello.

In secondo luogo Desdemona dà voce alla sua angoscia riguardo alle implicazioni dei sospetti di Otello contro di lei. Non si concentra sull'ansia per il suo destino; poiché Cinzio le fa dire:

---

164 Attar, Karina Feliciano. "Genealogy of a character: A reading of Giraldi's Moor." *Visions of Venice in Shakespeare* (2016): 50. Attar nota che le parole di Cinzio potrebbero essere lette come un suggerimento ai suoi lettori contro i matrimoni interrazziali. Eppure nell'introduzione del racconto di Otello, un personaggio nella cornice narrativa che introduce la storia non suggerisce che tale è il punto del racconto. È introdotto invece per trattare delle 'insedie telese di animo selvaggio' e la 'leggerezza di chi più crede.' Attar in più nota che il racconto sfida il giudizio delle apparenze.

> *"And I am anxious that I not become an example to dissuade youth from marrying against the will of their families; and that from me Italian women learn not to take a man, whose nature, whose heaven and whose way of living is different from our own."*

If a racist conclusion is intended by the author, it is a strange way in which to present it. Desdemona is struggling against this potential fate, one she knows is based in falsehood. She knows her death would be *misused* to condemn the choice she has made, a choice which, until the intervention of Iago, had brought her only happiness.

What is clear is that Cinthio presents us with neither the kind nor the volume of gross racist dialogue that is a marked feature of Shakespeare's play.

Of course *Othello* does not only exist as a text. The performance history and reception of Othello is another way of considering the issue of racism.

The performance by Sir Laurence Olivier as Othello in the 1965 film produced by the National Theatre Company is patently racist. Its presentation of the tragic anti-hero of the play - Othello - is offensive from the first breath. The character first appears on stage with a ridiculously large wooden cross hanging about his chest and with half-sunken eyes and sly pouts. He wanders about waving and sniffing a rose. The mannerisms, gait, facial expressions, put on stage white racist stereotypes of Middle Easterners and blacks. They seem intended to evoke contempt. While the performance is more nuanced as the plot proceeds, the initial portrayal has already left an impression.

"E temo molto di non essere io quella che dia esempio alle giovani, di non maritarsi contra il volere de' suoi; a che da me le donne italiane imparino di non si accompagnare con uomo, la cui natura, e il Cielo, e il modo della vita disgiunge da noi."

Se una conclusione razzista è intesa dall'autore, è sicuramente un modo strano in cui rappresentarla. Desdemona lotta contro questo destino potenziale, che lei sa essere fondato sulla menzogna. Lei sa che la sua morte sarà *impropriamente usata* per condannare la scelta che ha fatto; una scelta che prima dell'intervento di Iago aveva solo portato alla sua felicità.

È chiaro che Cinzio non ci presenta né il tipo né il volume di un volgare dialogo razzista che è una caratteristica segnata nell'opera di Shakespeare.

Di certo, *Otello* non esiste solo come testo. La storia della sua rappresentazione e accoglienza è un altro modo per considerare la questione del razzismo.

L'interpretazione di Otello da Sir Lawrence Olivier nel film del 1965, una produzione del National Theatre Company è palesemente razzista. La sua rappresentazione dell'anti-eroe tragico del dramma - Otello - è offensiva fin dal primo respiro. Il personaggio appare sul palcoscenico con una croce di legno ridicolmente grande sul suo petto, con occhi socchiusi e bronci scaltri. Vaga sul palco fiutando e sventolando una rosa. Le pose, l'andatura, le espressioni facciali, mettono sul palco stereotipi razzisti sui neri e sulla gente del Medio-Oriente. Sembrano essere intesi per evocare il disprezzo. Anche se l'interpretazione diventa più sfumata più avanti nella trama, la rappresentazione iniziale ha già dato la sua impressione.

We need not consider that at the time it was produced, black actors had already been cast in the role of Othello, nor the use of blackface in the production, to reach this conclusion. It is hard to find this conclusion honestly stated in the literature.

A 2021 opinion piece in the Michigan Daily tackles the issue. The article notes the standing of Olivier as a multi-award-winning actor of mythic Shakespearean proportions. It is a context that made his portrayal of Othello jarring, particularly in Civil Rights Era America where the movie was controversial and failed at the box office.

> *"... old habits die hard, and no production serves as greater evidence for this than Lawrence (sic) Olivier's 1965 portrayal of Othello. ... In theory, he should have hit Othello out of the park. ... [yet] his physicality, vocal expression, and emotional trajectory were disproportionately informed by minstrelsy and stereotype, culminating in a spectacle that is closer to caricature than tragic hero. Given Olivier's impressive career as a Shakespearean actor, his portrayal of Othello rings shockingly dissonant. ...."*[165]

---

[165] Williams, Darby. Olivier's "Othello" and Racism in Theatre. The Michigan Daily 16 November 2021. https://www.michigandaily.com/statement/oliviers-othello-and-racism-in-theatre/ accessed 2 November 2024.

Possiamo arrivare a questa conclusione senza considerare che quando è stato fatto, gli attori neri interpretavano già il ruolo di Otello, e che la 'blackface'[166] è stata usata in questa produzione. Nondimeno, è difficile trovare questa conclusione onestamente scritta nella letteratura.

Un articolo nel Michigan Daily del 2021, affronta la questione. L'articolo nota l'eminenza di Olivier come attore pluripremiato e dalle mitiche proporzioni come shakespeariano. È un contesto che rende la sua interpretazione di Otello stonata, particolarmente nell'America dell'epoca dei diritti civili, in cui il film è risultato controverso ed è fallito al botteghino.

> *" ... le abitudini antiche non muoiono facilmente, e nessuna produzione fornisce migliori prove di questo come l'interpretazione di Otello di Lawrence (sic) Olivier del 1965 ... In teoria, egli avrebbe dovuto trovarla facile ... [eppure] la sua fisicità, le espressioni vocali, la traiettoria emotiva sono state sproporzionatamente influenzate dal minstrelsy[167] e dagli stereotipi, culminando in uno spettacolo che si avvicina più a una caricatura che a un eroe tragico. Data l'imponenza della carriera di Olivier come attore shakespeariano, la sua interpretazione di Otello è incredibilmente dissonante ..."*[168]

---

166 Quando un attore bianco usa trucco nero per rappresentare un africano.

167 Un genere di rappresentazione musicale riguardante i neri negli Stati Uniti nel passato che li rendeva figure ridicolizzate e disprezzate.

168 Williams, Darby. Olivier's "Othello" and Racism in Theatre. The Michigan Daily 16 November 2021. https://www.michigandaily.com/statement/oliviers-othello-and-racism-in-theatre/ accesso 2 novembre 2024.

> *"Olivier's mannerisms seem to be informed solely by his own racist preconceptions: His lumbering gait, thundering voice and all too frequent eye-rolling work in tandem to create an Othello who is farcical at best, and downright offensive at worst. To theatrical neophytes, it's a confusing and grotesque spectacle. To thespians, it's a source of humiliation and disgust. And yet, the film remains a staple in theatre classrooms everywhere ..."*[169]

The 1995 film in which the black American actor Laurence Fishburne appears as Othello provides a contrasting example. He portrays a powerful but flawed Othello. The figure commands respect from the opening scene, as would be expected of a leading military figure of the Venetian Republic.

Indeed, the movie begins by taking the plot closer to the original Cinthio tale. It opens by portraying Othello's standing as a military leader and his happy marriage to Desdemona. It is only after the viewer has absorbed these scenes, that Iago's racist plotting with Roderigo is introduced.

Taken together, the two productions make the point that in assessing whether a text such as *Othello* has racist effect, we must look beyond the text itself. The reader, or in the case of theatre or movie, its representation, can determine that effect.

---

[169] Ibid.

> *"Le pose di Olivier sembrano essere derivate solo dai suoi preconcetti razzisti. Il passo pesante, la voce rimbombante e il frequente alzare gli occhi al cielo insieme funzionano nel creare un Otello che, al meglio, è ridicolo, e al peggio, è nettamente offensivo. Per i neofiti del teatro è un spettacolo grottesco e confondente. Per chi conosce il teatro, è un punto di umiliazione e ripugnanza. Eppure, il film rimane centrale nelle classi di teatro dappertutto …"*[170]

Il film del 1995 in cui l'attore americano nero Laurence Fishburne interpreta Otello, fornisce un esempio contrastante. Lui porta sulla scena un Otello potente ma fallato. Il personaggio attira rispetto dalla prima scena, come si aspetterebbe per un capo militare della Repubblica veneziana.

Anzi, il film comincia portando la trama più vicina al racconto originale di Cinzio. Comincia con una raffigurazione della posizione di Otello come capo militare e il suo matrimonio felice con Desdemona. È solo dopo che il pubblico ha assorbito queste scene, che i complotti razzisti di Iago e Roderigo sono introdotti.

Viste insieme, le due produzioni fanno notare che nel valutare se un testo come *Otello* ha effetto razzista, dobbiamo guardare oltre il testo stesso. Il lettore, o nel caso del teatro o del cinema, la sua rappresentazione, può determinare quell'effetto.

---

170 Ibid.

Of course, for many, Othello's *mixed-race* couple is the fulcrum of the 'problems' the story was about. A fulcrum so uncomfortable to a racist mind, that the noted English poet Samuel Coleridge (1772-1834) could not accept that Othello could be black African and at the same time a prince loved by a white woman: '*it would be ... monstrous*' to even think '*this beautiful Venetian girl*' could love him.[171] Coleridge had clearly drunk Brabantio's Kool-Aid. He was not the only one.

In a similar vein, John Quincy Adams (1767-1848), a US President (curiously also a prominent abolitionist) reacted with similar horror. He condemned Desdemona and drew a racist moral from the play.

> *"Who can sympathize with the love of Desdemona? The daughter of a Venetian nobleman, born and educated to a splendid and lofty station in the community - she falls in love and makes a runaway match with a Blackamoor. ... The great moral lesson of the Tragedy of Othello, is that black and white blood cannot be intermingled in marriage without a gross outrage upon the laws of nature, and that in such violations nature will vindicate her law."*[172]

Clearly *Othello* can provide comforting fodder for racist thought. It is significant that such attitudes coincide with the height of slavery and colonialism. Even an abolitionist could not free himself of the chains of racist thought.

---

171 Neill, Michael. "Unproper beds: Race, adultery, and the hideous in Othello." Shakespeare Quarterly 40.4 (1989): 383-412; Andreas, James R. "Othello's African American Progeny." South Atlantic Review, vol. 57, no. 4, 1992, pp. 39–57. JSTOR, https://doi.org/10.2307/3199836. Accessed 1 Nov. 2024.

172 MacLean, William Jerry. "Othello Scorned: The Racial Thought of John Quincy Adams." Journal of the Early Republic 4.2 (1984): 143-160.

Di certo, per tanti, la coppia *interrazziale* è il fulcro dei 'problemi' di cui tratta il racconto. Un fulcro così scomodo alle menti razziste, tanto che il noto poeta inglese Samuel Coleridge (1772-1834) non poteva accettare che Otello potesse essere un africano nero, e allo stesso tempo un principe amato da una donna bianca: '*sarebbe mostruoso*' solamente pensare che '*questa bella veneziana*' potrebbe amarlo.[173] Coleridge, chiaramente, è uno dei discepoli di Brabantio. Non era l'unico.

In modo simile, John Quincy Adams (1767-1848), un presidente degli Stati Uniti (stranamente anche un abolizionista noto) ha reagito con simile orrore. Egli condanna Desdemona e trae una morale razzista dal dramma.

> *"Chi può aver simpatia per l'amore di Desdemona? Una figlia di un veneziano nobile, nata e cresciuta in uno splendido e alto rango della sua comunità – si innamora e fugge per amore con un Nero-moro ... La grande lezione morale della tragedia di Otello, è che sangue nero e bianco non si possono mescolare in matrimonio senza oltraggio grave contro le leggi della natura, e che in tali violazioni la natura vendicherà la sua legge."*[174]

Chiaramente, *Otello* può fornire una materia confortante per il pensiero razzista. È significativo anche che tali attitudini coincidano con lo zenit della schiavitù e del colonialismo. Anche un abolizionista non si poteva liberare dalle catene del pensiero razzista.

---

173 Neill, Michael. "Unproper beds: Race, adultery, and the hideous in Othello." Shakespeare Quarterly 40.4 (1989): 383-412; Andreas, James R. "Othello's African American Progeny." South Atlantic Review, vol. 57, no. 4, 1992, pp. 39–57. JSTOR, https://doi.org/10.2307/3199836. accesso 1 nov. 2024.

174 MacLean, William Jerry. "Othello Scorned: The Racial Thought of John Quincy Adams." Journal of the Early Republic 4.2 (1984): 143-160.

The power of the aversion to 'race-mixing' in the American context is also seen in the life of Frederick Douglass, an African American abolitionist, who himself escaped slavery. When later Douglass married a Caucasian woman, he became a pariah to his abolitionist friends, both black and white. Douglass notes the irony.[175]

Commenting on black lynchings during Reconstruction era in the United States, Andreas notes:

> *"The 'primal crime' in a racist society, the coupling of black male and white female – either real or, most often, imagined and impugned – justifies and drives the ritual retaliation of the mutilation, castration, and lynching of black male victims in the presence of white women and children, often on Sunday afternoons accompanied by 'carnival.'"*[176]

Iago has had generations of racist followers down the centuries.

Such depressing instances might perhaps lead us to despair of this tale, but we cannot forget also its explicit use in anti-racist modes and to address sexual exploitation.

---

175 See chapter 5, Curtotti, Michael. Ten Lives Declaring Human Rights: From Bartolomé de las Casas to Martin Luther King Jr., Aldila Press, 2023.

176 Andreas, James R. "Othello's African American Progeny." South Atlantic Review, vol. 57, no. 4, 1992, pp. 39-57. JSTOR, https://doi.org/10.2307/3199836. Accessed 1 Nov. 2024.

Il potere della ripugnanza per la 'mescolanza di razza' nel contesto americano, è visto anche nella vita di Frederick Douglass, un abolizionista afro-americano, egli stesso scappato dalla schiavitù. Quando poi Douglass sposò una donna bianca, diventò un paria per i suoi amici abolizionisti, sia bianchi che neri. Douglass nota l'ironia.[177]

Riguardo al linciaggio dei neri durante l'epoca della Ricostruzione negli Stati Uniti, Andreas nota:

> *"Il 'crimine originario' in una società razzista, ovvero l'accoppiamento di un nero con una bianca – sia esso reale, o più spesso, immaginario e imputato – giustifica e spinge una rivendicazione rituale di mutilazione, castrazione e linciaggio di vittime nere maschili alla presenza di donne e bambini bianchi, sovente di domenica pomeriggio in un atmosfera da 'carnevale'."*[178]

Iago ha avuto generazioni di seguaci razzisti lungo i secoli.

Tali casi deprimenti forse ci portano a perdere la speranza per questo racconto, ma non possiamo dimenticare l'esplicito uso del dramma in modo anti-razzista e per confrontare lo sfruttamento sessuale.

---

177 Si veda il capitolo 5, Curtotti, Michael. Ten Lives Declaring Human Rights: From Bartolomé de las Casas to Martin Luther King Jr., Aldila Press, 2023.

178 Andreas, James R. "Othello's African American Progeny." South Atlantic Review, vol. 57, no. 4, 1992, pp. 39-57. JSTOR, https://doi.org/10.2307/3199836. Accesso 1 Nov. 2024.

The 2012 Catalan film *Otello* casts Iago as a sexually exploitative film maker and the film explores themes of migration and integration of Arab and Muslim immigrants in the Catalan context.[179] Cambridge University Press has published a volume on the use of Shakespeare for anti-racist education. *Othello* is a prominent case study in this strategy. In addition to the use of the play to study concepts of 'white' and 'black' in (and not in) the text, the volume discusses a number of examples of how the text can be re-imagined and re-presented to foster reflection on the racism the play exemplifies.[180] The Globe Theatre's, 'Anti-Racist Shakespeare' brought together scholars and artists to look at Shakespeare through a lens of race and social justice.[181]

---

179 Sánchez-García, Inmaculada N. "Sex, lies, and the handkerchief: Immigration and sexploitation in Catalan Otello (2012)." Cahiers Élisabéthains 98.1 (2019): 22-42.

180 Dadabhoy, Ambereen, and Nedda Mehdizadeh. Anti-Racist Shakespeare. Cambridge University Press, 2023.

181 Anti-racist Shakespeare, https://player.shakespearesglobe.com/anti-racist-shakespeare/ accessed 2 November 2024. See also Rubright, Marjorie and Rodgers, Amy. American Moor: Othello, Race, and the Conversations here and now in Chapman, Matthieu and Wainwright Anna (eds.), Teaching Race in the European Renaissance: A Classroom Guide. Arizona State University, https://asu.pressbooks.pub/race-in-the-european-renaissance-classroom-guide/ accessed 2 November 2024.

Il film catalano *Otello* del 2012 dipinge Iago come un produttore di film sessualmente abusivo, mentre il film esplora temi di migrazione e integrazione di migranti arabi e musulmani nel contesto catalano.[182] L'università di Cambridge ha pubblicato un volume sull'uso di Shakespeare per educare all'anti-razzismo. *Otello* è un significativo caso di studio in questa strategia. Oltre all'uso del dramma per studiare i concetti di 'bianchezza' e 'nerezza' che si trovano (o no) nel testo, il volume discute di un numero di esempi su come il testo può essere re-immaginato e rappresentato in modo nuovo per accrescere la riflessione sul razzismo che il dramma esemplifica.[183] 'L'Anti-Racist Shakespeare' del Globe Theatre, ha creato un insieme di studiosi e artisti per esaminare Shakespeare attraverso la lente di razza e giustizia sociale.[184]

---

182 Sánchez-García, Inmaculada N. "Sex, lies, and the handkerchief: Immigration and sexploitation in Catalan Otello (2012)." Cahiers Élisabéthains 98.1 (2019): 22-42.

183 Dadabhoy, Ambereen, and Nedda Mehdizadeh. Anti-Racist Shakespeare. Cambridge University Press, 2023.

184 Anti-racist Shakespeare, https://player.shakespearesglobe.com/anti-racist-shakespeare/ accesso 2 novembre 2024. See also Rubright, Marjorie and Rodgers, Amy. American Moor: Othello, Race, and the Conversations here and now in Chapman, Matthieu and Wainwright Anna (eds.), Teaching Race in the European Renaissance: A Classroom Guide. Arizona State University, https://asu.pressbooks.pub/race-in-the-european-renaissance-classroom-guide/ accesso 2 novembre 2024.

The focus on teaching reminds us that Shakespeare is still taught to hundreds of millions of young readers across the English-speaking world (and beyond). Noting the saturation such texts have achieved in modern culture, when a text like Othello is taught or performed, its entanglement in the theme of race cannot be ignored, as I have not been able to ignore it in this Afterword.

Now, let's turn to another topic. In my already published translation of Matteo Bandello's *Romeo and Juliet,* I canvass what is known as the Shakespeare authorship question. I will not here reiterate some of the background to that question. Suffice to say that an increasingly sophisticated minority view questions whether the William Shakespeare of Stratford could have been the true or substantial author of the plays attributed to him. His provable biography is simply lacking in documentary evidence which associates him with the content of the plays and sonnets attributed to him, as many have observed.[185] If you find this thought disturbing, what follows may not be to your taste. In that case please feel free to skip this section. It is not essential to the primary purpose of this work, which is to present to a modern audience the primary source of *Othello* and to explore the significance of that source to our understanding of the play. However, for my part, as this work is concerned with 'origins,' I feel it would be lacking in scholarly honesty if I were to fail to acknowledge the existence of this minority view and to engage with it.

---

185 See for example Diana Price, *Shakespeare's Unorthodox Biography, New Evidence of an Authorship Problem* (2013). Her peer reviewed investigation compares the contemporary documentary evidence proving for other dramatists of Shakespeare's era that they are writers, concluding that there is an absence of such evidence for William Shakespeare of Stratford.

Il focus sull'educazione ci ricorda che Shakespeare è ancora insegnato a centinaia di milioni di lettori giovani in tutto il mondo anglofono (ed oltre). Notando la saturazione che tali testi hanno ottenuto nella cultura moderna, quando un testo come *Otello* è insegnato o rappresentato, il suo coinvolgimento con il tema di razza non può essere ignorato, come io non ho potuto ignorarlo in questa Postfazione.

Ora passiamo ad un altro argomento. Nella mia già pubblicata traduzione di *Romeo e Giulietta* di Matteo Bandello, parlo del dibattito sull'attribuzione delle opere di Shakespeare. Non ripeterò qui lo sfondo di quel dibattito. Basta dire che un'opinione minoritaria ma in misura sempre più sofisticata, si chiede se il William Shakespeare di Stratford sia il vero e sostanziale autore delle opere che gli sono attribuite. La sua biografia 'provabile', semplicemente non ha prove documentarie che lo associano con il contenuto dei drammi e dei sonetti che gli sono stati attribuiti, come in tanti hanno osservato.[186] Se si trova questa domanda inquietante, quello che segue forse non sarà di suo gusto. In quel caso si senta libero di saltare questa sezione, la quale non è essenziale per lo scopo principale di quest'opera, che è presentare ad un pubblico odierno la fonte principale dell'*Otello* di Shakespeare ed esplorare il significato di quella fonte per la nostra comprensione del dramma. Tuttavia, da parte mia, visto che questo libro si concentra sulle 'origini,' mi sentirei di mancare in onestà accademica se non riconoscessi l'esistenza di questa opinione minoritaria e non la considerassi.

---

[186] Si veda, per esempio, Diana Price, *Shakespeare's Unorthodox Biography, New Evidence of an Authorship Problem* (2013). La sua investigazione, sottoposta a revisione paritaria, confronta le prove documentarie contemporanee per altri drammaturghi dell'epoca di Shakespeare le quali dimostrano che essi erano scrittori, e le mancanze di tali prove per William Shakespeare da Stratford.

My own background, which includes a PhD in computer science, predisposes me to feel that the work of Dennis McCarthy, Michael Blanding and June Schlueter concerning Shakespeare's debt to Sir Thomas North is persuasive and must be accounted for in our understanding of how the plays were created.

They have primarily relied on 'textual fingerprints' - thousands of shared phrases and word collocations between North and Shakespeare to make their case.

However, it is not essential to adhere to any particular view for the purposes of what follows. Rather my intent is to use this discussion as a 'theoretical lens' through which we can further explore the social context of Shakespeare's *Othello* and how it was created.

As I noted in my translation of Matteo Bandello's *Romeo and Juliet,* the authorship question has generated considerable 'heat,' a reality which is regrettable. Whether or not those engaged in the authorship question are right, the serious scholarship that the movement generates deserves respect. It deepens our understanding of the period and of Shakespeare.

Another reason for drawing on Dennis McCarthy's work is that it provides ample textual material with which to work, something other theories seem less able to provide, at anywhere near the same volume or depth. It is for this reason that I will not explore the Oxfordian theory, which proposes Edward de Vere as the 'true' author of Shakespeare's work. While de Vere is the leading alternative candidate, his proposed candidacy does not offer the same kind of textual material for analysis, at least as far as I have been able to determine.

I miei studi, che includono un dottorato in informatica, mi predispongono all'opinione che le ricerche di Dennis McCarthy, Michael Branding e June Schlueter riguardo al debito di Shakespeare a Sir Thomas North, siano convincenti e devono essere accomodate nel nostro modello di come i drammi furono creati.

Essenzialmente, loro hanno messo peso sulle 'impronte digitali testuali' - migliaia di frasi e collocazioni verbali fra North e Shakespeare per costruire il loro caso.

Nondimeno, non è essenziale aderire ad una teoria particolare per gli scopi di ciò che segue. Anzi, la mia intenzione è di usare questa discussione come 'lente teorica' attraverso cui possiamo approfondire il contesto sociale dell'*Otello* di Shakespeare e come fu creato.

Come ho notato nella mia traduzione di *Romeo e Giulietta* di Matteo Bandello, il dibattito sull'attribuzione delle opere di Shakespeare ha generato abbastanza 'calore', una situazione spiacevole. Se quelli che si sono occupati di questo dibattito siano corretti o no, la seria ricerca che il movimento genera merita rispetto. Approfondisce la nostra comprensione dell'epoca, e di Shakespeare.

Un'altra ragione per concentrarsi sulle opere di Dennis McCarthy, è il fatto che offrono ampia materia testuale su cui lavorare, cosa che altre teorie sembrano essere meno capaci di fare, almeno allo stesso volume o profondità. È per questa ragione che non esplorerò la teoria oxfordiana, in cui si propone che Edward de Vere sia il 'vero' autore delle opere di Shakespeare. Nonostante de Vere sia il principale candidato alternativo, la sua candidatura non offre lo stesso tipo di materia testuale per l'analisi, almeno fino a quanto ho potuto stabilire.

It should also be noted that although McCarthy, Blanding and Schlueter focus on Sir Thomas North as a substantial contributor to the Shakespearean corpus, they do not suggest that the Shakespeare name was a pseudonym. Rather they see North as writing works (plays) taken up by Shakespeare and perhaps further reworked by him. In fact, their theory stands closer to traditional scholarship.[187] What follows draws primarily on their work.

We have already noted above, Sir Thomas North's *Life of Cato Utican* as a source of plot elements in *Othello*.[188] More broadly, Sir Thomas North has long been well known as a major source for Shakespeare's Roman plays. He is also highly regarded for his influence in the development of English prose. Dennis McCarthy, however, has discovered many new textual parallels from North's works across all the Shakespeare plays. The extent of the borrowings is quite astonishing and McCarthy's work is easily found online for interested readers. Blanding and Schlueter have extended McCarthy's work, contributing additional scholarship, investigations and discoveries.

In respect of *Othello*, McCarthy and his colleagues have added the following conclusions.

---

187 See McCarthy, Dennis. *Thomas North: The Original Author of Shakespeare's Plays*. Dennis McCarthy; Hyde, Michael. "Michael Blanding: North by Shakespeare: A Rogue Scholar's Quest for the Truth Behind the Bard's Work (Hachette Books, 2021)." *Shakespeare Oxford Newsletter* 57.2 (2021): 12-12; Cassio's Book-Learning vs. Iago's Real Experiences in War (North's Marginal Notes) and Iago's speech on He Who Robs Me of My Good Name https://sirthomasnorth.com/tag/othello accessed 3 March 2024

188 See above and Graves, Wallace. "Plutarch's Life of Cato Utican as a Major Source of Othello." *Shakespeare Quarterly* 24.2 (1973): 181-187.

Si deve notare che anche se McCarthy, Branding e Schlueter si concentrano su Sir Thomas North come contributore sostanziale al canone di Shakespeare, non suggeriscono che Shakespeare fosse un *nom de plume*. Piuttosto sostengono che North scrisse opere (drammi) riprese da Shakespeare e forse rielaborate da lui stesso. Infatti, la loro teoria si trova più vicina alla sapienza tradizionale.[189] Quello che segue è basato primariamente dalle loro opere.

Come abbiamo già notato in precedenza, la *Life of Cato Utican* di Sir Thomas North è una fonte di elementi per la trama di *Otello.*[190] Più ampiamente, Sir Thomas North da tempo è stato ben riconosciuto come una fonte principale per i drammi romani di Shakespeare. È anche molto apprezzato per la sua influenza nello sviluppo della prosa inglese. Inoltre, Dennis McCarthy ha scoperto molti parallelismi testuali tra le opere di North e tutti i drammi di Shakespeare. L'ampiezza di questi prestiti sono alquanto sorprendenti e le ricerche di McCarthy sono facilmente reperibili online per lettori interessati. Blanding e Schlueter hanno esteso le sue opere, contribuendo con studi ulteriori, investigazioni e scoperte. Rispetto a *Otello,* McCarthy e suoi colleghi hanno concluso il seguente.

---

189 Si veda McCarthy, Dennis. *Thomas North: The Original Author of Shakespeare's Plays*. Dennis McCarthy; Hyde, Michael. "Michael Blanding: North by Shakespeare: A Rogue Scholar's Quest for the Truth Behind the Bard's Work (Hachette Books, 2021)." *Shakespeare Oxford Newsletter* 57.2 (2021): 12-12; Cassio's Book-Learning vs. Iago's Real Experiences in War (North's Marginal Notes) and Iago's speech on He Who Robs Me of My Good Name https://sirthomasnorth.com/tag/othello accesso 3 marzo 2024

190 Si veda in precedenza e Graves, Wallace. "Plutarch's Life of Cato Utican as a Major Source of Othello." *Shakespeare Quarterly* 24.2 (1973): 181-187.

In the first scene of *Othello,* Iago cites the elevation of Cassio among the reasons for his hatred of Othello. Multiple phrases and terms Iago uses are drawn from Sir Thomas North's *Dial of Princes;* his translation (primarily through a previous French translation) of Antonio de Guevara's *Reloj de Principes.* Another part of the same speech is drawn from North's translation of *Nepos' Lives.* As we know, this is a part of the plot that has been significantly changed by Shakespeare and is absent in Cinthio. The concepts taken from North are essentially concerned with Iago's complaint that Cassio is a 'book soldier' lacking all practical experience of war.

Also from the *Dial of Princes,* McCarthy finds a further linguistic parallel in another speech by Iago. In Act 3 Scene 3, Iago expresses a contrast between a thief of physical goods and someone who steals a person's good reputation. This also comes from the *Dial.*

Taken at face value, these passages provide further context for the Shakespearean modifications that made hatred of Othello the central theme of the play. That modification appears to have come from North (whether directly or by inspiration).

North himself knew considerable military service.[191] Jealousies between officers would, in all likelihood, have been part of his experience and may have suggested the change in focus.

---

191 Davis, Harold H. "The Military Career of Thomas North." *The Huntington Library Quarterly* (1949): 315-321.

Nella prima scena del dramma di Shakespeare, Iago cita l'elevazione di Cassio fra le ragioni per cui odia Otello. Più frasi e termini che Iago adopera sono tratti dal *Dial of Princes* (*Lo specchio dei principi*) di Sir Thomas North, la sua traduzione (primariamente da una precedente traduzione francese) del *Reloj de Principes* di Antonio de Guevara. Un'altra parte dello stesso discorso è tratto da una traduzione del *Nepos' Lives* di North. Come sappiamo, questa è una parte della trama che è stata sensibilmente cambiata da Shakespeare, ed è assente in Cinzio. I concetti tratti da North essenzialmente sono riguardanti il lamento di Iago per il fatto che Cassio è un 'soldato da libro', senza alcuna esperienza pratica di guerra.

Anche dal *Dial of Princes,* McCarthy trova un altro parallelismo linguistico in un altro discorso di Iago. Nell'atto terzo, scena terza, Iago esprime un contrasto tra il ladro d'oggetti materiali e uno che ruba la buona reputazione di qualcuno. Questo viene anche dal *Dial.*

Presi alla lettera, questi brani offrono un contesto ulteriore per le modifiche di Shakespeare che hanno reso l'odio per Otello il tema centrale del dramma. Quel cambiamento sembra venire (sia direttamente o sia ispirato indirettamente) da North.

North stesso conosceva considerevolmente il servizio militare.[192] Le gelosie fra gli ufficiali militari sicuramente sono state parte della sua esperienza, e potrebbero aver suggerito il cambiamento di focus.

---

192 Davis, Harold H. "The Military Career of Thomas North." *The Huntington Library Quarterly* (1949): 315-321.

Interestingly, another account connects North with another source which contributed to *Othello*: Barnaby or Barnabe Rich or Riche's *Farewell to Militarie Profession* of 1581. North and Rich were comrades in arms in Ireland in 1580 and traveled together during one of their deployments.[193]

Rich's work, as the title suggests, is a turn away from his military commitments to peaceful and literary pursuits; and includes three stories from Cinthio's novellas,[194] although he states that they were "*written ... by master L.B.*" The latter has been suggested to be Lodowick Briskett (or Bryskett), known as a translator of Cinthio's *Tre dialoghi della vita civile* or *A Discourse of Civill Life: Containing the Ethicke Part of Morall Philosophie.* The essay is embedded in Cinthio's novellas.[195] We can thus see a considerable connection between Rich and Cinthio's works.

Here is proof that Cinthio's *Gli Hecatommithi* was circulating in England (and Ireland) in Italian, in this era, and also in North's social circle.

---

193 Cranfill, Thomas M. "Thomas North at Chester." *Huntington Library Quarterly*, vol. 13, no. 1, 1949, pp. 93-99. *JSTOR*, https://doi.org/10.2307/3816391. Accessed 3 Mar. 2024.

194 None of these are the *Othello* or *Measure for Measure* story.

195 Rich, Barnaby. "Cinthio, L. B., and the Farewell". *Rich's Farewell to Military Profession, 1581*, edited by Thomas Mabry Cranfill, New York, USA: University of Texas Press, 1953, pp. xxii-xxxvi. https://doi.org/10.7560/733534-002.

È interessante notare che un altro racconto lega North con un'altra fonte che ha dato materia ad *Otello*. La *Farewell to Militarie Profession (Addio alla pratica delle armi)* del 1581 di Barnaby o Barnabe Rich o Riche. North e Rich furono compagni d'armi in Irlanda nel 1580 e hanno viaggiato insieme durante uno dei loro schieramenti.[196]

L'opera di Rich, come suggerisce il titolo, è una svolta dai suoi impegni militari verso svaghi più pacifici e letterari; incluse tre storie dalle novelle di Cinzio,[197] anche se egli afferma che furono "*scritte ... dal maestro L.B.*" È stato suggerito che questo 'L.B.' fosse Lodowick Briskett (o Bryskett), conosciuto come il traduttore dei *Tre dialoghi della vita civile* di Cinzio (*A Discourse of Civill Life: Containing the Ethicke Part of Morall Philosophie)*. Questo saggio si trova nelle novelle di Cinzio.[198] Vediamo legami considerevoli tra le opere di Rich e Cinzio.

Questa è la prova che *Gli Hecatommithi* di Cinzio già circolavano in Inghilterra (e in Irlanda), in quest'epoca, e in più, nei circoli sociali di North.

---

196 Cranfill, Thomas M. "Thomas North at Chester." *Huntington Library Quarterly*, vol. 13, no. 1, 1949, pp. 93-99. *JSTOR*, https://doi.org/10.2307/3816391. Accesso 3 Mar. 2024.

197 Nessuna di queste novelle sono *Othello* o *Measure for Measure*.

198 Rich, Barnaby. "Cinthio, L. B., and the Farewell". *Rich's Farewell to Military Profession, 1581*, edited by Thomas Mabry Cranfill, New York, USA: University of Texas Press, 1953, pp. xxii-xxxvi. https://doi.org/10.7560/733534-002.

Rich's work also connects with another Shakespeare play: *Twelfth Night*. Rich, calling the story *Of Apolonius and Silla* and changing the geographic setting and names of the characters, took the story from a Matteo Bandello novella.[199] Although early Italian plays such as *Gli Ingannati* are sometimes cited as the source of *Twelfth Night*, others view Rich's *Apolonius and Silla,* as the primary source text on which Shakespeare drew in writing the play.[200]

Rich's *Farewell,* as noted by Cranfill, provides the inspiration for important elaborations to the *Othello* plot. As has already been noted, the idea of the disapproval of Desdemona's family in Cinthio's tale is dramatically expanded in Shakespeare's *Othello.* Cranfill argues that the following ideas from Rich's *Farewell* are drawn on in Act 1 and Act 2, Scene 1 of the Shakespeare play:

- a hero reaches Cyprus only after overcoming a fierce storm and is welcomed by the governor;
- the threat of a Turkish attack prompts a Christian leader to prepare a response;
- a war leader famous for defeating the Turks is appointed to lead the expedition;

---

199 Rich, Barnabe. Eight Novels Employed by English Dramatic Poets of the Reign of Queen Elizabeth: Originally Published by Barnaby Riche in the Year 1581, and Reprinted from a Copy of that Date in the Bodleian Library. Vol. 33. Shakespeare society, 1846, pp 67 and following.

200 See for example G. C. Moore Smith. *The Modern Language Review*, vol. 7, no. 4, 1912, pp. 550-52. *JSTOR*, https://doi.org/10.2307/3713191. Accessed 18 Oct. 2024; and Rich, Barnabe, Morton Luce (ed), and William Shakespeare. "Rich's" Apolonius & Silla": an original of Shakespeare's "Twelfth night". (Oxford University Press, 1912).

Le opere di Rich hanno legami anche con un altro dramma di Shakespeare: *La Dodicesima Notte*. Rich, che intitola il racconto *Of Apolonius and Silla,* e cambia l'ambientazione geografica e i nomi dei personaggi, ha preso la storia da una novella di Matteo Bandello.[201] Anche se primi drammi italiani come *Gli Ingannati* sono a volte citati come fonti per *La Dodicesima Notte,* altri dicono che *Apolonius e Silla* di Rich, è la fonte testuale primaria da cui Shakespeare trae materia per scrivere il suo dramma.[202]

Il *Farewell* di Rich, come nota Cranfill, fornisce l'ispirazione per elaborazioni significative nella trama di *Otello*. Come già notato, l'idea dell'opposizione della famiglia di Desdemona nel racconto di Cinzio è ampliata drammaticamente nell'*Otello* di Shakespeare. Cranfill sostiene che le idee seguenti dal *Farewell* di Rich sono usate nell'atto primo e nell'atto secondo, scena prima del dramma di Shakespeare:

- un eroe arriva a Cipro solo dopo avere superato una tempesta feroce e riceve il benvenuto dal governatore;
- il pericolo di un attacco turco suscita un capo cristiano a preparare una risposta;
- Un capo militare famoso per aver sconfitto i turchi è nominato il comandante della spedizione;

---

201 Rich, Barnabe. Eight Novels Employed by English Dramatic Poets of the Reign of Queen Elizabeth: Originally Published by Barnaby Riche in the Year 1581, and Reprinted from a Copy of that Date in the Bodleian Library. Vol. 33. Shakespeare society, 1846, pp 67 e seguente.

202 Si veda per esempio G. C. Moore Smith. *The Modern Language Review*, vol. 7, no. 4, 1912, pp. 550-52. *JSTOR*, https://doi.org/10.2307/3713191. Accesso 18 ott. 2024; and Rich, Barnabe, Morton Luce (ed), and William Shakespeare. “Rich's" Apolonius & Silla”: an original of Shakespeare's “Twelfth night”. (Oxford University Press, 1912).

- after a clandestine elopement, a couple is pursued by an angry father;
- the father accuses his son-in-law of stealing his daughter and demands justice;
- there is a trial before the Duke; and
- the Duke sides with the son-in-law and the daughter is summoned and exculpates her husband.[203]

None of these elements are present in Cinthio but they could serve as a point-by-point plot description of how Shakespeare changes the beginning of the story.

As we have seen in preceding sections, source scholarship generally attributes the Turkish elements to more general histories. The personal relationship between North and Rich, provides a plausible transmission route for the ideas that are expressed in the play. They were well known to each other and shared military and literary pursuits. Undoubtedly, they were aware of each other's work, and may have exercised a mutual influence on each other.

---

[203] See the discussion in Rich, Barnaby. "The Farewell and Shakespeare". *Rich's Farewell to Military Profession, 1581,* edited by Thomas Mabry Cranfill, New York, USA: University of Texas Press, 1953, pp. xlvii-lii. https://doi.org/10.7560/733534-004. Cranfill also notes Rich as a source for elements in Shakespeare's *Twelfth Night.*

- Dopo una fuga d'amore clandestina, la coppia è inseguita da un padre infuriato;
- Il padre accusa il genero di aver rapito sua figlia e chiede giustizia;
- c'è un processo di fronte al duca; e
- il duca prende le parti del genero, mentre la figlia è convocata e discolpa suo marito.[204]

Nessuno di questi elementi sono presenti in Cinzio, ma possono servire come una descrizione punto per punto di come Shakespeare cambia l'inizio della storia.

Come abbiamo visto in precedenza, i studi sulle fonti generalmente attribuiscono gli elementi turchi nel dramma alla storia più generale. Il legame personale tra North e Rich, fornisce una credibile rotta per lo scambio delle idee che si trovano nel dramma. I due si conoscevano bene, e condividevano sia impegni militari che sfoghi letterari. Indubbiamente conoscevano le opere dell'altro, e potrebbero aver esercitato influenza l'uno sull'altro.

---

[204] Si veda il discorso in Rich, Barnaby. "The Farewell and Shakespeare". *Rich's Farewell to Military Profession, 1581*, edited by Thomas Mabry Cranfill, New York, USA: University of Texas Press, 1953, pp. xlvii-lii. https://doi.org/10.7560/733534-004. Anche Cranfill nota come Rich sia una fonte per alcuni elementi della *Dodicesima Notte* di Shakespeare.

The link between Rich, North and Briskett becomes even more interesting when we note that Briskett was in fact born 'Ludovico Bruschetta,' the son of merchant immigrants from Genoa who had become naturalized in England in 1536. Briskett attended Trinity College in Cambridge in 1559. (North was also at Cambridge.) Also, Briskett traveled to Italy in the 1560s and in the same period was in the service of Sir Henry Sidney. He accompanied Philip Sidney (Henry's son) on one of his trips to Italy in the 1570s. His service with Sidney took him to Ireland and over time he was appointed to various posts in the Civil Service. He may have begun working on his *Discourse on Civill Life* as early as 1567. In his own preface, he associates the work with conversations he had in 1581 with certain gentlemen, including Edmund Spenser, in temporary semi-retirement in the vicinity of Dublin.[205] Although neither Rich, nor North, is named by Briskett as present on that occasion, they were in the same social circles at the same time and location.

As in the example of Rich's access to 'L.B.'s' translations of Cinthio, Briskett's manuscripts may have been available to a select audience. The first printing of the *Discourse on Civill Life,* however, was not until 1606. North was himself fluent in Italian and would not have needed a translation of Cinthio's *Othello* story, although he would likely have found one helpful.[206]

---

205 Bryskett, Lodowick. *A Discourse on Civill Life,* edited by Thomas E. Wright, California, 1970

206 For example, North translated from Italian *The Moral Philosophie of Doni.* See note below on this work.

Il legame fra Rich, North e Briskett diventa anche più interessante quando notiamo che Briskett era nato 'Ludovico Bruschetta', figlio di mercanti immigrati da Genova naturalizzati come inglesi nel 1536. Briskett ha frequentato il Trinity College all'università di Cambridge nel 1559. (Anche North ha frequentato quell'università.) In più, Briskett ha viaggiato in Italia negli anni sessanta del cinquecento e nello stesso periodo fu al servizio di Sir Henry Sidney. Ha anche accompagnato Phillip Sidney (il figlio di Henry) in uno dei suoi viaggi in Italia negli anni settanta dello stesso secolo. Il suo servizio con Sidney lo ha portato in Irlanda, e con il passare del tempo fu nominato per vari uffici del servizio civile. Ha forse cominciato a lavorare sul suo *Discourse on Civill Life* dal 1567. Nella sua prefazione, associa la sua opera con conversazioni avute nel 1581 con certi signori, incluso Edmund Spenser, che si trovava in ritiro temporaneo vicino a Dublino.[207] Anche se né Rich né North sono nominati da Brisket in questa occasione, facevano parte degli stessi circoli sociali nello stesso tempo e luogo.

Come nell'esempio della disponibilità delle traduzione di 'L.B.' a Rich, i manoscritti di Briskett potrebbero essere stati disponibili a un circolo ristretto. Il *Discourse on Civill Life,* non fu però stampato prima del 1606. North stesso conosceva l'italiano e non gli sarebbe servita una traduzione del racconto di Cinzio di Otello, anche se è probabile che l'avrebbe trovata utile.[208]

---

207 Bryskett, Lodowick. *A Discourse on Civill Life*, edited by Thomas E. Wright, California, 1970

208 Per esempio, North ha tradotto *The Moral Philosophie of Doni* dall'italiano. Si veda la nota in seguito su questa opera.

The biography of William Shakespeare of Stratford, however, seems to require a translator, like Briskett. That same biography however does not provide a connection between the two figures.

Briskett was part of a literary circle in Ireland that included Spenser, North, Geoffrey Fenton (a translator of Bandello), Barnaby Googe, Rich and Petruccio Ubaldini.[209] Indeed this circle in Ireland is suggested by Maley as an important locus for Shakespeare's literary inspiration. This Irish connection to the development of 'Shakespeare' has been previously overlooked.[210]

William of Stratford himself does not seem to have any evidenced association with this circle. North does. Indeed, as McCarthy explores, the Spenser scholar Percy Long found a close association between Spenser and the North family. He identifies Spenser's poetic love 'Rosalinde' as Elisa North, Thomas North's daughter.

---

209 Rich, Barnaby. "The Farewell and Shakespeare". *Rich's Farewell to Military Profession, 1581*, edited by Thomas Mabry Cranfill, New York, USA: University of Texas Press, 1953, pp. xlvii-lii. https://doi.org/10.7560/733534-004.

210 Maley, Willy. "Spenser and Shakespeare: Bards of a Feather?" (2020). Maley notes a number of character names that may be traceable to the Spenser circle. The name Lodowick in Edward III 2.1.53; 59; a Balthasar who appears at the end of Rich's *Farewell to Militarie Profession* (a character name that appears in Shakespeare's *Romeo and Juliet,* but not his source material). Petruccio Ubaldini is also suggested as a possible source of the character name in *The Taming of the Shrew.*

La biografia di William Shakespeare di Stratford, invece, sembra necessitare di un traduttore come Briskett. Quella stessa biografia però, non fornisce alcuna connessione fra le due figure.

Briskett faceva parte di un circolo letterario in Irlanda che includeva Spenser, North, Geoffrey Fenton (un traduttore di Bandello), Barnaby Googe, Rich e Petruccio Ubaldini.[211] Questo circolo in Irlanda, è infatti suggerito da Maley come luogo significativo per l'ispirazione letteraria di Shakespeare. Questa connessione con lo sviluppo di 'Shakespeare' è stato trascurato in passato.[212]

William di Stratford non sembra aver alcuna associazione provata con questo circolo. North sì. Infatti, come esplora McCarthy, uno studioso di Spenser, Percy Long ha trovato una stretta associazione fra Spenser e la famiglia di North. Identifica l'amore poetico di Spenser, 'Rosalinde' in Elisa North, la figlia di Thomas North.

---

[211] Rich, Barnaby. "The Farewell and Shakespeare". *Rich's Farewell to Military Profession, 1581,* edited by Thomas Mabry Cranfill, New York, USA: University of Texas Press, 1953, pp. xlvii-lii. https://doi.org/10.7560/733534-004.

[212] Maley, Willy. "Spenser and Shakespeare: Bards of a Feather?" (2020). Maley nota un numero di nomi di personaggi che si possono trovare nel circolo di Spenser. Il nome Lodowick si trova in Eduardo III 2.1.53; 59; Balthasar, che compare alla fine del *Farewell to Militarie Profession* di Rich è nome di un personaggio in *Romeo and Juliet* di Shakespeare, ma non nella materia della fonte. Petruccio Ubaldini è anche suggerito come possibile origine del nome del personaggio nella *Bisbetica domata (The Taming of the Shrew).*

Another link between North and Spenser is that Spenser's *Mother Hubbard* was inspired by North's translation of *The Moral Philosophy of Doni,* a set of stories originally found in the Indian *Panchatantra* (later translated to Persian, Old Syriac, Arabic (under the name *Kalilah wa Dimnah*), Hebrew, Spanish and Italian).[213]

Clearly, North and Spenser were well acquainted and link North again with Briskett, through Spenser.

This brief excursion also deserves an additional note. The linguistic method employed by McCarthy provides previously unknown insights into the plays. He particularly makes a case for 'authorship attribution.' In other words, McCarthy argues that the many examples of borrowings from North across the entire corpus of Shakespeare point to North as the original author of the plays, rather than as a source of ideas drawn on by Shakespeare (for example by reading them from North's works). In McCarthy's view, it is North himself who does this reading in his own works. The theory is supported by marginalia in North's handwriting which are difficult to explain other than by North having substantially created the Shakespearean content. As we have seen here, taking his thesis as a departure point, we quickly find information that increases the plausibility of the thesis.

---

213 See McCarthy, Dennis. Thomas North: The Original Author of Shakespeare's Plays. Dennis McCarthy, chapters 10 and 11. The version from which North worked was the Italian translation from Spanish by Anton Francesco Doni titled: *La moral filosophia del Doni, tratta da gli antichi scrittori; allo illustriss. Signor don Ferrante Caracciolo dedeicata,* In Vinegia: per Francesco Marcolini, 1552.

Un altro legame fra North e Spenser è che il suo *Mother Hubbard* fu inspirato dalla traduzione di North di *The Moral Philosophy of Doni (La moral filosophia del Doni, tratta da gli antichi scrittori)*, una collezione di racconti originariamente trovati nel *Panchatantra* indiano (che fu dopo tradotta in persiano, siriaco vecchio, arabo, sotto il nome '*Kalilah wa Dimnah*', ebreo, spagnolo e italiano).[214]

Chiaramente, North e Spenser si conoscevano bene e forniscono un legame ulteriore di North con Briskett, tramite Spenser.

Questa breve gita merita una nota in più. I metodi linguistici adottati da McCarthy forniscono intuizioni precedentemente sconosciute sui drammi. Egli, in particolare, avanza il caso di 'attribuzione delle opere'. Cioè, McCarthy sostiene che i tanti esempi di prestiti da North per tutti i drammi di Shakespeare, segnalano che North è il loro originale autore, invece di essere soltanto una fonte di idee tratte da Shakespeare (che per esempio potrebbe aver letto nei libri di North). Dal punto di vista di McCarthy, è North stesso che fa questa lettura nelle sue stesse opere. La teoria è sostenuta da *marginalia* nella mano di North che sono difficili da spiegare se non con il fatto che North avesse sostanzialmente creato la materia che chiamiamo 'Shakespeariana'. Come abbiamo già visto, adoperando questa tesi come punto di partenza, troviamo subito informazioni che ne accrescono la probabilità.

---

214 Si veda McCarthy, Dennis. *Thomas North: The Original Author of Shakespeare's Plays*. Dennis McCarthy, capitoli 10 e 11. La versione da cui North ha lavorato era la traduzione italiana (tradotta dallo spagnolo) di Anton Francesco Doni intitolata: *La moral filosophia del Doni, tratta da gli antichi scrittori; allo illustriss. Signor don Ferrante Caracciolo dedeicata*, In Vinegia: per Francesco Marcolini, 1552.

However the 'textual fingerprints' method also has its limits. Of course, the method cannot find source material in another language, such as Cinthio's Italian text. Nor can it detect the borrowing of general concepts, as opposed to specific language.

We can see however that a work such as *Othello* is illuminated by McCarthy's research. Its core and essence is in the Cinthio novella, which furnishes the primary characters and plot. Yet the playwright brought together disparate elements from other sources to fashion a drama for the stage. As Cranfill notes, the plot elements that 'Shakespeare' drew from Rich are outstanding for a dramatic introduction to the story: an elopement, a military expedition, family conflict, a trial all in one breath. It is those kinds of details, and the skill of the dramatist, that are among the explanations for why the play is still part of popular culture.

The marginalia discovered by Blanding and McCarthy have primarily focused on examining North's *own* works for marginalia related to Shakespeare. While North's works are a rich source, they are not alone. From source studies of Shakespeare's plays, it is clear that he works from many texts. It is in manuscripts or contemporary editions of such known source works that evidence needs to be sought. In short, it is possible that North marginalia might be discovered in surviving manuscripts of works of other authors known to be Shakespeare's sources: for example in Rich's *Farewell.* In fact, Blanding does this, in his work on North marginalia found in Fabyan's *Chronicle* (an accepted source for Shakespeare's play *Cymbeline).* The marginalia show that North highlighted elements from the *Chronicle* that later appear in the play.[215]

---

[215] Alberge, Dalye. New evidence suggests Shakespeare may have stolen the plot of Cymbeline. *The Guardian Online*, 24 April 2022

Nondimeno, il metodo delle ‘impronte digitali testuali’ ha dei limiti. Senza dubbio, il metodo non può trovare materiale di fonti in un’altra lingua, come per esempio il testo italiano di Cinzio. Né può individuare il prestito di un concetto più ampio, opposto al linguaggio specifico.

Vediamo però che un’opera come *Otello* è illuminata dalla ricerca di McCarthy. L’essenza e il cuore di *Otello* si trova nella novella di Cinzio, che fornisce i personaggi principali e la trama. Eppure il drammaturgo ha portato insieme diversi elementi da altre fonti per creare un dramma per il palcoscenico. Come nota Cranfill, gli elementi della trama che Shakespeare trae da Rich sono eccezionali per una introduzione drammatica al racconto: una fuga d’amore, una spedizione militare, conflitto familiare, e un processo, tutto in un fiato. Sono dettagli di quel genere, e la maestria del drammaturgo, che spiegano perché il dramma fa ancora parte della cultura popolare.

Primariamente, Blanding e McCarthy si sono concentrati su un esame delle opere di North *stesso* per trovare marginalia legati a Shakespeare. Nonostante le opere di North siano una fonte ricca, non sono le sole. Da studi sulle fonti dei drammi di Shakespeare, si nota che egli lavorava da tante fonti secondarie. È nei manoscritti o edizioni dell’epoca di tali fonti conosciute, che le prove devono essere cercate. In breve, è possibile che dei marginalia di North potrebbero essere scoperti nei manoscritti sopravvissuti di altri autori riconosciuti come altre fonti di Shakespeare: per esempio il *Farewell* di Rich. Infatti, Blanding fa proprio questo, nella sua opera sui marginalia di North nel *Chronicle* di Fabyan (una accertata fonte per il dramma *Cimbelino* di Shakespeare). Le marginalia dimostrano che North ha sottolineato elementi nel *Chronicle* che poi sono comparsi nel dramma.[216]

---

216 Alberge, Dalye. New evidence suggests Shakespeare may have stolen the plot of Cymbeline. *The Guardian Online*, 24 April 2022

If additional marginalia were discovered in North's handwriting in other Shakespeare source texts, it may clinch the argument in favor of North.[217]

It is sufficient that we note the kind of social and cultural environment that provides a backdrop to Shakespearean literature. Whoever was involved in writing the plays, they were drawing directly or indirectly on the kind of lived experience that we see in the literary circle in Ireland described above.

The connection with Ireland perhaps also offers a further insight on issues of race and racism in the Shakespeare text. If North is a substantial contributor to the text, he had ample opportunity to observe the kind of prejudices that *Othello* contains, although not in relation to moors, but rather directed against the Irish.

Rich's book was to cause him trouble. He wrote it during the reign of Queen Elizabeth, but two decades later a Scottish king James was on the throne. The anti-Scottish prejudice he included in his book made him *persona non grata* after the king's accession. Rich ended his book with a declaration that he would rather go to hell than Scotland. The next edition would substitute 'Turk' and 'Constantinople' for 'Scot' and 'Edinburgh,' but the damage was done.[218]

---

[217] It is also notable that Rich mentions that some of the stories he narrates in his *Farewell* had already been made into plays. Potentially, a North play may predate the Rich *Apolonius and Silla.* See Rich, Barnabe. Eight Novels Employed by English Dramatic Poets of the Reign of Queen Elizabeth: Originally Published by Barnaby Riche in the Year 1581, and Reprinted from a Copy of that Date in the Bodleian Library. Vol. 33. Shakespeare society, 1846, p vi.

[218] Maley, Willy. "Spenser and Shakespeare: Bards of a Feather?" (2020), pp 7-8

Se ulteriori marginalia fossero scoperti nella scrittura di North in altri testi usati come fonte, si potrebbe risolvere il dibattito in favore di North.[219]

È sufficiente notare il tipo di ambiente sociale e culturale che fornisce uno sfondo alla letteratura di Shakespeare. Chiunque fosse l'autore dei drammi, costui traeva direttamente e indirettamente da una reale esperienza vissuta nel circolo letterario in Irlanda, descritto in precedenza.

La connessione con l'Irlanda offre, può darsi, un'osservazione in più sulle questioni di razza e razzismo nel testo di Shakespeare. Se North fosse un contributore sostanziale del testo, avrebbe avuto ampia opportunità di osservare il genere di pregiudizio che troviamo in *Otello,* anche se non in relazione ai mori ma verso gli irlandesi.

Il libro di Rich in seguito gli causerà dei problemi. Lo ha scritto durante il regno della regina Elisabetta I, ma due decenni dopo un re scozzese era sul trono di Inghilterra. I pregiudizi contro gli scozzesi che Rich ha incluso nel suo libro lo hanno reso una persona non gradita dopo l'ascesa del re. Il libro di Rich finiva con la sua dichiarazione che andrebbe all'Inferno piuttosto che in Scozia. La successiva edizione del libro ha sostituito 'turco' e 'Costantinopoli' con 'scozzese' ed 'Edinburgo', ma il danno era già fatto.[220]

---

219 È anche notabile che Rich accenni al fatto che alcuni dei racconti narrato da lui nel suo *Farewell,* erano già stati scritti come drammi. È possibile che un dramma di North avesse preceduto L'*Apolonius and Silla* di Rich. Si veda Rich, Barnabe. Eight Novels Employed by English Dramatic Poets of the Reign of Queen Elizabeth: Originally Published by Barnaby Riche in the Year 1581, and Reprinted from a Copy of that Date in the Bodleian Library. Vol. 33. Shakespeare society, 1846, p vi.

220 Maley, Willy. "Spenser and Shakespeare: Bards of a Feather?" (2020), pp 7-8

But let us return to the primary insights that *Othello* presents.

The story which Cinthio wrote and which Shakespeare elaborated and brought to the stage is still with us. It is a story which challenges us. It challenges our prejudices and represents to us some of the worst human behaviors. It conveys misogynist and racist tropes. It has been a vector for transmitting such attitudes, but can also be read and presented in feminist and anti-racist modes. Words such as 'racism' or 'misogyny' did not exist at the time these works were written, but the behaviors these words represent certainly did.

Reading Cinthio and Shakespeare together shows us the evolution or transmission of discourse on these gloomy cultural themes in the literature of the sixteenth and early seventeenth centuries in Italy and England.

The works illuminate the shape of racism and misogyny found in the two societies in which the story and drama were experienced.

The comparison also highlights the different thematic concerns of each author. Cinthio focuses principally on gender; while Shakespeare is principally focused on issues of race.

The story is also a tale about the misuse of words to cause harm to a particular individual, to pursue a malevolent agenda. Both truth and falsehood are harnessed by Iago to devastate those he has plotted to destroy. Racist speech and ideas are laced in his verbal poison. Of course this unsavoury model again reflects types of behaviours that are encountered in the world, sadly even today. More broadly, in a world now flooded with truths and falsehoods, often communicated with manipulative agendas, *Othello* provides us with a more general cautionary tale.

Ma torniamo alle intuizioni principali che *Otello* ci presenta.

La storia che Cinzio ha scritto e che Shakespeare ha elaborato e messa sul palcoscenico è ancora con noi. È una storia che ci mette alla prova. Sfida i nostri pregiudizi e rappresenta alcuni dei peggiori comportamenti umani. Trasmette tropi misogini e razzisti. È stato un vettore per l'espansione di tali attitudini, nondimeno può essere letto e rappresentato in modi femministi e anti-razzisti. Parole come 'razzismo' e 'misoginia' ancora non esistevano nell'epoca in cui queste opere furono scritte, ma i comportamenti che queste parole rappresentano, certamente sì.

Leggere parallelamente Cinzio e Shakespeare ci dimostra l'evoluzione o la trasmissione di un discorso su questi cupi temi culturali nella letteratura del seicento e settecento dell'Italia e dell'Inghilterra.

Le opere illuminano la forma di razzismo e di misoginia che si trovava nelle due società in cui racconto e dramma furono letti e visti.

Il confronto sottolinea le preoccupazioni tematiche diverse dei due autori. Cinzio si concentra primariamente su questioni di genere; mentre Shakespeare è più concentrato su questioni di razza.

Il racconto è anche una narrativa sull'abuso delle parole per fare male a un altro individuo, seguendo un piano maligno. Sia la verità che le menzogne sono adoperate da Iago per devastare quelli che lui ha complottato di distruggere. Il linguaggio e le idee razziste sono infuse nel suo veleno verbale. Certamente questo modello ripugnante riflette comportamenti che si incontrano nel mondo, tristemente anche oggi. Più ampiamente, in un mondo inondato da 'verità' e 'menzogne,' frequentemente trasmesse per programmi manipolatori, *Otello* ci da un racconto ammonitorio più ampio.

Cinthio saw in art a tool for social improvement. A work like *Othello* is not solely intended for entertainment.

If we don't engage with it to challenge shortcomings in ourselves and society, we have missed the point. Cinthio's tale, and Shakespeare's *Othello* have already been written. Surely, however, they challenge writers and dramatists of today to pass beyond their shortcomings, with storytelling and representations that adequately challenge both racism and gendered violence.

Finally, this investigation offers us a richer intertextual tapestry for our understanding of Shakespeare and his era. It brings to life a complex literary scene that transcends the boundaries of any single nation. We see communities of writers whose mutual interactions inspired a literature which today is truly global. If it reflects a past we would wish is no longer with us, it also offers us stepping stones to a future worthy of humanity's marvellous diversity.

Earlier we recalled the '*Race Manifesto*' of 1938. There is a lesser-known manifesto issued by Italian scientists 80 years later: the 2018 *Manifesto of Human Diversity and Unity*. To it goes the last word:

> *"In order to prevent racism from erasing the human sense of* ***community*** *and* ***solidarity****, which are indispensable for a real and fruitful coexistence, everyone must, while maintaining their personal identity, be aware of the fact they are linked to others through their* ***belonging*** *to a larger community,* ***humanity****, and through a common destiny, that of* ***citizens of the world****."*[221]

---

[221] The Manifesto of Human Diversity and Unity https://sites.google.com/uniroma1.it/ilmanifesto accessed 2 November 2024. Destro Bisol, Giovanni, et al. "The Manifesto of Human Diversity and Unity, eighty years after the Italian racial laws." *Journal of Anthropological Sciences* 96 (2018): 1-5.

Per Cinzio, l'arte era un'attrezzo per lo sviluppo sociale. Un'opera come *Otello* non era scritta solamente per divertimento. Se non ci confrontiamo con il testo per sfidare quei difetti in noi stessi e nelle nostre società, abbiamo perso il filo del discorso. La novella di Cinzio, e l'*Otello* di Shakespeare sono già state scritte. Nondimeno, sicuramente, sfidano gli scrittori e i drammaturghi del nostro tempo ad oltrepassare i loro difetti, con racconti e rappresentazioni che adeguatamente confrontano sia il razzismo che la violenza di genere.

Finalmente, questa investigazione ci offre un ricco arazzo intertestuale per la nostra conoscenza di Shakespeare e la sua epoca. Dà vita a una complessa scena letteraria che trascende i confini di qualsiasi singolo paese. Scopriamo comunità di scrittori, le cui interazioni ispirano una letteratura che oggi è veramente mondiale. Se riflette un passato che vorremo non fosse più con noi, ci offre anche una via di passaggio a un futuro degno della meravigliosa diversità umana.

Prima abbiamo ricordato il '*Manifesto della Razza*' del 1938. Esiste un altro manifesto, meno conosciuto, rilasciato da scienziati italiani dopo 80 anni: Il *Manifesto della Diversità e dell'Unita Umana* del 2018. A questo cedo le ultime parole:

> *"Per evitare che il razzismo cancelli il senso umano di* ***comunanza*** *e* ***solidarietà****, beni indispensabili per una vera e fruttuosa convivenza, è necessario che tutti, pur mantenendo la propria identità, siano consapevoli di essere legati agli altri dall'****appartenenza*** *a una più grande comunità,* ***l'umanità****, e da uno stesso destino, quello di* ***cittadini del mondo****."*[222]

---

[222] The Manifesto of Human Diversity and Unity https://sites.google.com/uniroma1.it/ilmanifesto accesso 2 novembre 2024. Destro Bisol, Giovanni, et al. "The Manifesto of Human Diversity and Unity, eighty years after the Italian racial laws." *Journal of Anthropological Sciences* 96 (2018): 1-5.

Table of Characters

Shakespeare	Cinthio	Role
Othello	The moor	Main protagonist.
Desdemona	Disdemona	Main protagonist.
Iago	The ensign	Plots to destroy Othello (in Shakespeare). Plots to destroy Desdemona (in Cinthio)
Emilia	The ensign's wife	Aware of the betrayal.
Cassio	Captain of the squadron	Falsely accused of adultery with Desdemona.
Brabantio	Desdemona's family.	Desdemona's father. Only represented as her family in Cinthio.
Bianca	A woman living in the Captain of the squadron's house.	In both the play and the novella she plays a key role in the handkerchief plot element.
Roderigo	The ensign	In Shakespeare, Iago's accomplice. Iago's lust for Desdemona in Cinthio's narrative is transferred to Roderigo in Shakespeare.
The duke	-	In Shakespeare, Lord of Venice. Not mentioned in Cinthio.
Montano	-	In Shakespeare, Governor of Cyprus.
Graziano	Desdemona's family.	In Shakespeare, Brabantio's kinsman.

Indice dei Personaggi

Shakespeare	**Cinzio**	**Role**
Otello	Il moro	Protagonista principale.
Desdemona	Disdemona	Protagonista principale.
Iago	L'alfiere	In Shakespeare vuole distruggere Otello. In Cinzio vuole distruggere Desdemona.
Emilia	La moglie dell'alfiere	È consapevole del piano di uccidere Desdemona
Cassio	Capitano della squadra	Accusato falsamente di adulterio con Desdemona.
Brabantio	La famiglia di Desdemona	In Shakespeare, il padre di Desdemona. Solo rappresentato dalla 'famiglia di Desdemona' in Cinzio.
Bianca	Una donna che abita nella casa del Capitano della squadra	Sia nel dramma che nella novella svolge un ruolo fondamentale relativo al fazzoletto.
Roderigo	L'alfiere	In Shakespeare, il complice di Iago. Il desiderio di Iago per Desdemona nella narrativa di Cinzio è trasferito a Roderigo in Shakespeare.
Il Doge	-	Non appare in Cinzio.
Montano	-	Il governatore di Cipro in Shakespeare.
Graziano	La famiglia di Desdemona.	In Shakespeare, un parente di Brabantio.

About the Author

Giovanni Battista Giraldi (1504-1573), known as 'Cinthio' was born in the city of Ferrara, then the capital of the Duchy of Ferrara. He was a writer through most of his life and held a university chair in rhetoric in Ferrara from 1541-1562. From 1547-1563 he served as secretary to the Duke. He was both a dramatist and a writer of novellas and also wrote an epic poem *Ercole (Hercules)*. His most famous play *Orbecche* was composed in 1541 and was widely performed in Italy. He also composed other plays, notably *Epitia,* based on one of his own novellas which later inspired Shakespeare's *Measure for Measure*. He also wrote two important essays on composition; one on dramas, and another on the poetry (1554). From 1528, Cinthio began to compose more than 100 novellas which he published in 1565 under the title *Gli Hecatommithi*. In addition to *Epitia,* seven others of his plays are based his novellas. One of his novellas also inspired *Othello,* and is presented in this volume. In 1562, Cinthio left Ferrara after an argument with one of his pupils led to him losing the Duke's favour. He returned in 1571. His theories on drama were influential in the Renaissance, including his promotion of the Roman model of five acts. He uses soliloquy frequently and noted the importance of presenting the argument of the play and a plot which presented obstacles and resolutions to them. He mixed tragedy and comedy in his plays. His *Orbecche* was a horror tragedy on a Senecan model. Works like Shakespeare's *Titus Andronicus* were influenced by *Orbecche*. Embedded in his *Gli Hecatommithi,* is an essay on moral virtue in civil life translated into English by Lodowick Briskett (Ludovico Bruschetta) and published in 1606. Cinthio died in Ferrara.

GIOVAN BATISTA GIRALDI
CINTHIO
NOBILE FERRARESE·

About the Editor and Translator

Michael Curtotti is a writer and practicing lawyer. In 2023, he published a new translation of Matteo Bandello's *Romeo and Juliet* (Aldila Press), the primary Italian source story for the Shakespeare play. His first translation was *The Dragon the Witch and the Daughters (Il Drago)* by Luigi Capuana (Aldila Press, 2023, 2022), a delightful tale of the transformation worked in the life of an old man by two orphans, written by a master of the nineteenth century *verismo* movement. In addition to source stories for *Romeo and Juliet* and *Othello,* he also plans to publish annotated translations of the source stories for *Twelfth Night, Measure for Measure and Much Ado About Nothing,* as part of the series *Shakespeare Begins*. In 2022, Michael edited *Dante Under the Southern Cross 2021: Australian Reflections for the 700th Anniversary of the Passing of Dante Alighieri (Dante Alighieri Society Canberra, 2022)*. In 2020, Michael published *Ten Lives Declaring Human Rights: From Bartolomeo de Las Casas to Martin Luther King Jr*. (Aldila Press, 2023, 2020), a series of short biographies which tell the story of human rights. He has written over 370 articles and over half a million words on his writer's website titled *Beyond Foreignness* at https://beyondforeignness.org. Michael was born in Italy and grew up in Australia. He is married with three children. He speaks English and Italian and is an enthusiastic student of Arabic, a language he one day hopes to master.

Acknowledgements

Our most precious connection is with our families. For them we live. From them life acquires joy and meaning. This work is for them. As always, particular acknowledgements are due to my wife, Ranjana, my life companion and unfailing support.

This work is dedicated to my teachers and I take this opportunity to recall them here. It is hard to remember, after so many years, all their names, though their faces return to mind. Without their teaching I would not be here: Suzanna Zachar not only art teacher but mentor to myself and my friends during school years; Mrs Moir, our French teacher, whose labour set me on a path to where reading French texts is still possible; Mr Glass, my last teacher in primary school, who saw something in me, and introduced me to J.R.R. Tolkien's *Lord of the Rings* - a writer who has changed my life; Michael Coper who taught us property law and Jean-Pierre Fonteyne who taught us International Law; my supervisor Dr Eric McCreath who accompanied me to complete a PhD; and many, many others who taught me in both school and university years.

Finally, I would like to thank and warmly acknowledge the contribution of Azzurra Cirrincione to this work, for her invaluable proofreading of my Italian translation of the Introduction, Afterword and footnotes, which has ensured the fluency of that translation throughout. A warm thank you also to Paul Murphy for his kind proofreading of the English of this work.

www.ingramcontent.com/pod-product-compliance
Lightning Source LLC
Chambersburg PA
CBHW061101100726
47911CB00012B/337

* 9 7 8 0 6 4 5 8 4 4 6 7 2 *